ベスト時代文庫

鑑定師《めききや》右近　名刀非情

桑原譲太郎

KKベストセラーズ

この作品はベスト時代文庫のために書き下ろされたものです。

目次

刀剣各部の名称

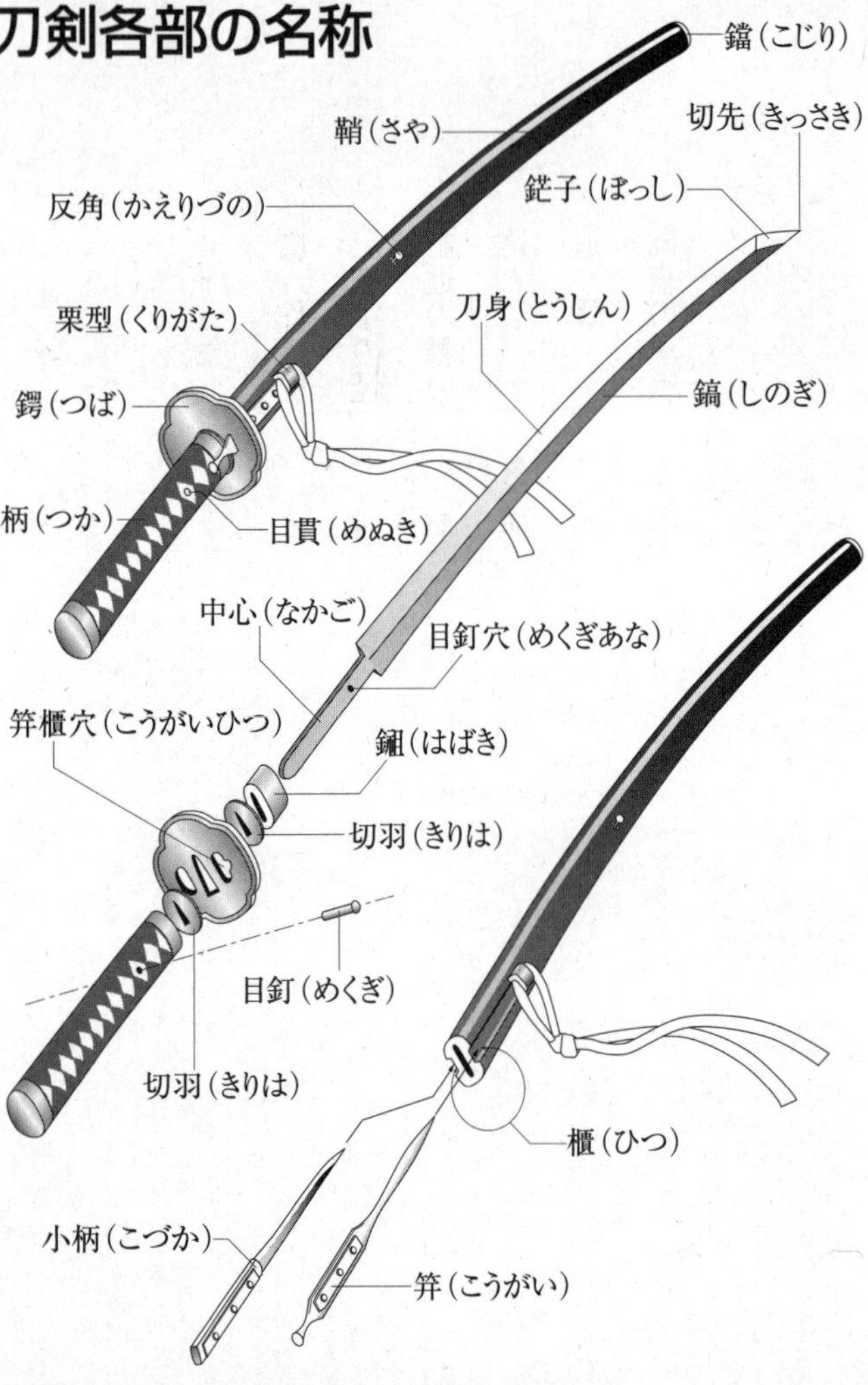
鐺（こじり）
鞘（さや）
切先（きっさき）
鋩子（ぼっし）
反角（かえりづの）
栗型（くりがた）
刀身（とうしん）
鐔（つば）
鎬（しのぎ）
柄（つか）
目貫（めぬき）
中心（なかご）
目釘穴（めくぎあな）
笄櫃穴（こうがいひつ）
鎺（はばき）
切羽（きりは）
目釘（めくぎ）
切羽（きりは）
櫃（ひつ）
小柄（こづか）
笄（こうがい）

贋《がん》作《さく》

一

田楽狭間《でんがくはざま》の戦いにおいて、四万という圧倒的多数を誇る今川義元の軍が、たった二千の織田信長の軍に破れたことはつとに有名である。

そしてまたそのとき、義元が愛用していた太刀が郷義弘《ごうよしひろ》であったことも有名である。

戦いの結果、その天下の名刀・郷義弘が、勝者である織田信長の手に渡った。

戦いとは、勝敗を決するだけでなく、その武将が所持していた名刀もまた、所有者が移り変わるのである。

その郷義弘が、

「ございます」

と男は言う。そしてまた、

「あなた様が気に入れば、格別にお安く、お譲りしてもよろしい」

とも、言った。

その日の右近《うこん》の触れ込みは、

「刀は好きだが、それほど詳しくはない」

もの好き――である、というものだった。

押し出しの強い、ギョロ眼の鼻の右横に小豆大《あずきだい》のほくろのある、その初老の親父は、武具の売買を生業《なりわい》としている『かたなや金兵衛』だと名乗った。

「刀を扱って四十年、鑑定で間違えたことは一度としてない」

と、右近の前に現れたのである。

「ありますか、郷義弘が」

と、身を乗り出す右近に、

「ありますとも、正真正銘の義弘がね」

と、胸を叩いたものだ。

それから金兵衛は、神田明神の裏手にある妻恋稲荷《つまごいいなり》の横手の怪しげな小屋へ、右近を案内したのだ。

古来、郷義弘とお化けは見たことがない――と言われていて、滅多にお眼にかかれる代《しろ》物《もの》ではないのだ。

「もし、拝むことができれば——」

と、右近は乗ってみたのだ。

小屋の奥から金兵衛が持ち出してきたものは、鞘《さや》の塗りが剥げかかった年代ものであった。

「見事」

と、言いたくなる贋作《がんさく》もあるが、見た瞬間に吹き出したくなる贋作もある。

金兵衛が差し出した郷義弘を、鞘から払って見た瞬間、右近は吹き出していた。

「これが、郷義弘というか」

「はい、郷義弘でございます」

「ふうーん、これが郷義弘ねえ」

「はい……あの桶狭間に今川義元が織田信長に討たれ、織田家所有となったもの……とは違いますが、歴《れき》とした義弘でございます」

金兵衛はヌケヌケとそう言い放ち、目釘《めくぎ》を外して中心《なかご》を出し、そこに切られた銘を指し示した。

「ほれここに、松倉郷義弘とあります。まず絶対に間違いのないもの……まずこれほどの義弘には、二度とお眼にかかることはございますまい」

と、断言し、胸を張った。

おそらく、たいした知識もない刀好きの男たちを相手に、口先三寸で偽物《にせもの》を売りつけて生きてきたのに違いない。

浪人同然の恰好をした右近を、刀好きの小金をもった男とあたりをつけて、口先三寸でうまく騙《だま》し、偽物の郷義弘を売りつけ、小金を巻き上げようという算段に違いなかった。

「おかしいなあ」

「なにがおかしいのかな」

「うーん、わたしの知っている郷義弘は、さすがに五郎入道正宗の高弟だけあって、その作は正宗に酷似しており、違うとすれば、身幅は広い正宗だが、義弘はころあいで、正宗は平肉が薄いが、義弘はよくつき、重ねも正宗は薄いが義弘はやや厚く、切先が延びる正宗だが、義弘はあまり延びない、正宗と比べると単調に見える……ま、新刀で言えば井上《いのうえ》真改《しんかい》の作柄に似ている、というものだが、こいつはどうもね」

金兵衛の顔が愕然《がくぜん》としたものに変わった。

右近の刀剣の知識の豊かさに、衝撃を受けたようだ。

「ましてや、現存する郷はすべて無銘で、在銘物はないはずだが」

右近は鮮《あざ》やかに切られた銘を指した。

「あなた様は、いったい……」

言葉を改め、腰を浮かした相手に、

「おれかい……おれは池ノ端《いけのはた》七軒町に住まう、嶋《しま》右近という刀剣の鑑定師《めききや》をやっている、けちな男さ」

と、素姓を明かす。

「げえっ……あの嶋右近様で」

どうやら右近のことを知っているようだ。

「おれがことを知っているようだね」

「へえ、なんでも伝説の名刀匠・左文字《さもんじ》の末裔《まつえい》で、刀剣の鑑定にかけては、あの東洲《とうしゅう》先生が一目置いておられるとか……それより剣の方がこれまた凄いと聞いております」

金兵衛は、すっかり顔を蒼《あお》ざめさせてしまった。

「そうかい……それなら丁度いいや……口先三寸で人を騙すのもいいけれど、恨みを買うような商売はよした方がいい……世の中にはわたし以上に深い鑑定をなさる人もおられる……ものがものだけに、命にかかわる。以後、気をつけるのだね」

右近がそう言うと、金兵衛は「へへー」と、土下座した。

不快なものを残しながら、右近が小屋を出ると、外は真っ赤な夕焼けだった。

江戸の夕焼けは実にいい。町並みが赤く照らされて、それが延々と続いている。

（――明日は晴れか）

意味もなく、そんなことを思ったりした。

二

「しかしまあ、あんなものを郷義弘だなんて、よく言えたものさ……それじゃそこらの棒だって、そぼろ助広《すけひろ》や国広《くにひろ》になっちまう」

右近がぶつくさ独り言を言いながら歩いていると、

「おっ、先生」

と、声がかかった。

声の主を見ると、北町奉行所定廻り同心の奥平八郎《おくへいはちろう》だった。

無類の刀剣好きで、そのくせ鑑《み》る眼がなく、ときおり偽物をつかまされては悔しがっている。そういう人の好い面もあるが、その実、北町奉行所一の切れ者で通っている。

「よう、平ちゃん……なんだあ、珍しく一人か」

そう右近が驚くのも道理で、定廻りの旦那が一人で町を歩くことはまずない。取り巻きや案内の御用聞きを数人連れている――というのが、常の光景なのだ。

「いやあ、今日は午《ひる》から暇《ひま》を貰ってね。丁度、お前さんを訪ねようと思っていたところさ」

平八郎は右手を上げて見せた。

細長い風呂敷に包まれたものはおそらく、刀だろう。

「何を手に入れたね」

「何だと思う」

「見ないのに、分かるわけがない」

「それがね……フッフ……二字国俊《にじくにとし》さ」

「ほーう、国俊ねえ」

「どうでえ」

「鑑てねえから、何も言えねえ」

「だから、お前のところにね」

「行くまでのことはない」

右近は眼の前にある蕎麦屋《そばや》に誘った。

主人の名から取ったらしい『五平《ごへい》』は、気取りのない、そのくせ落ち着きのある店で、北の定廻り同心が密かに恥をかくには頃合の店だった。
角の一段と高くなった開け放しの座敷に上がり、天麩羅《てんぷら》とそばと酒を頼んだ。
衝立《ついたて》を挟んで誰か一人でチビチビと飲《や》っていたが、右近は気にもせず、
「どれ」
と、右手を差し出す。
「なんだか、恥ずかしいな」
平八郎は照れて、小銀杏《こいちょう》に結った髷《まげ》を癖のようにいじりながら、
「まあ、これなんだがね……」
風呂敷に包まれたそれを差し出した。
風呂敷を取っ払い、口に懐紙《かいし》をくわえ、鯉口《こいぐち》を切り、スラリと抜き放つ。
チャキッと刃を返して眼前にかざし、ジッと鑑る。
似ていた。
国俊に——である。
ただし、表面上は、だ。
二字国俊であるという条件は揃っていた。
だが、それは上《うわ》っ面《つら》だけのことであり、国俊独特の豪壮な覇気《はき》、迫力、重み、深み——

に、欠けていた。

「どうだい」

平八郎は眼を輝かせて聞いてくる。

「確かに、国俊には見える」

「そうか」

「平ちゃん、これをどこで拾ったんだ」

「なあにね……お眼こぼしのお礼にと、道具屋がね」

「なるほど……」

あっさりと殺すには悪い気がして、もう一度鑑る。

「国俊には似ているが……真っ赤な偽物だ」

「偽物……偽物だって」

「そう偽物だ」

「偽物だと、どうして言えるんだ」

「なあ、平ちゃん……天下の名刀である二字国俊が、お眼こぼしのちゃっちいお礼に化けると思うか」

「………」

平八郎が詰まるのも道理で、国俊といえば、名刀匠・来国行《らいくにゆき》の子で、あるいは国行よりも上かと目される刀匠だ。持てるとしても名のある大名か好事家《こうずか》の大商人くらいであるだろう。それほど貴重だし、値が張る。

「ま、平ちゃん、こいつは姿形は国俊に似ていなくもない。平ちゃんが国俊だと思ったのも分かるさ……だがね、いつも言うように、刀匠は魂《たましい》を込めて鍛《う》つ。高い精神と研《と》ぎ澄まされた不動の心で鍛つ。国俊などはその最高峰にいる……そういう刀匠が鍛った刀は、必然――」

「刀身が語りかけてくるように……素晴らしい」

「そういうことだ」

右近はポンと平八郎の肩を叩いて、

「見ろよ、この貧相な面《つら》つきを……お前さん、このおれを先生と呼ぶからには弟子といってよい……だからきついことを言うが……おい、平公、手前は何年、刀を鑑てりゃ真贋《しんがん》が分かるようになるんだい」

叱責《しっせき》とともに、偽国俊を平八郎の眼前に擬《ぎ》してやる。

やがて、平八郎の顔が真っ赤になった。

冷静になってモノを見ると、人は真っ直ぐに判断できるが、心の動きが「もしかして」

とか「国俊では」とか「国俊であって欲しい」という動きになってくると、もうダメで、すべての事柄や心の動きが国俊へと向かって動き出す。

そこで、表面上の幾つかの条件が合致すると、さらにそちらに傾斜してゆき、

「これは、国俊だ」

と、断定してしまうのである。

それを防ぐには、豊富な経験と、心の余裕がなければならない。

特に重要なのは、諸々《もろもろ》の条件ではなく、そのものが持つ品性である。

妖刀《ようとう》と言われる村正《むらまさ》にも、村正としての品性がある。

もちろん、国俊ほどのものならば、深い品性に裏付けられた豪壮な覇気が漂う。

それを鑑るかどうかで、刀剣の鑑定は決まる、と言ってよい。

ガッカリと肩を落とす平八郎に、

「そう気落ちすることはない。人はどうでも、お前が国俊だと思っていれば、国俊なのだよ」

と、慰《なぐさ》めると、

「でも、違うんだろ」

と、すねた眼を向けてくる。

「ああ、違うね。国俊に似せた偽物さ」

平八郎はため息をつくと、

「おれは穴が開くほど見た……そして国俊だと合点がいった……お前さんは鞘から抜いて、ちょいと見ただけで、偽物だと見破った。その違いはどこにあるんだ」

と、迫ってきた。

「だからさ……おれはそれで飯を食っている」

「だな」

「命懸けで鑑ている。鑑方が違うのだ。平ちゃんには悪いが、おれは数千本という刀を鑑てきている」

「そうか……おれなんざ、せいぜい二、三百本だものな」

「そういうこと、恥じることはない」

「………」

「でないと、こっちはオマンマの食い上げだ」

「餅《もち》は餅屋、ってことか」

「おのれの楽しみとして刀を鑑るのは、いい趣味だろうぜ。ただ、生業として鑑るのはちょいとね」

「うーん」

「考えてもみな、そこらを歩いている素人が、複雑怪奇な人殺しの一件を、チョロリと解決する、なんてことがあるかい」

「いや、ねえ」

そこは自信なのか、平八郎は胸を張った。

「だろう……そこよ」

「そこらのことにかけては、おらっちの右に出る者はいないだろうよ」

「そうそう、そうそう」

「そこは落ちても、北の奥平だぜ」

「よお、江戸一番」

「なあーに」

「この野郎、行く先々で女を泣かせやがって」

「馬鹿、それほどでもねえよ」

と、すっかり立ち直った平八郎は、スッと胸を張った。

ここまでくれば、大丈夫だ。右近はホッと胸を撫で下ろした。

郷義弘の偽物を見たことで気が立っていた。だから、いつもより少し厳しく当たってしまったのだ。

泣く子も黙る北町の定廻り同心も、案外に繊細《せんさい》なところがあって、時に扱いは慎重を期する必要があるのだ。

「平ちゃん、おれもクサクサしていたところさ。『新平《しんぺえ》』で一杯やっていくか」

「おっ、いいねえ」

と、平八郎も乗った。

三

元芸妓のお新《しん》と、そのお新に惚れて通いつめ、ついに口説き落とした料理人の平六《へいろく》が、一緒になって出した店が『新平』である。

二人の名を一字ずつ取ったものだが、池ノ端仲町のその店は隠れた名店と言ってよい。

「いつ潰れるかと、しんぺえでございやしてね」

というのが、平六が得意とする駄じゃれだ。

料理はうまいし、お新の柳橋仕込みの客のもてなしぶりは絶品で、まずおいしく、気持ちよく飲める店だ。

右近と平八郎が顔を出したとたん、下へも置かぬ接待が始まり、ポンと銚子が出て、料理が三つ四つ並ぶ。

平八郎には普通の猪口《ちょこ》だが、右近の前には湯呑《ゆのみ》が置かれ、銚子も一気に二本がつく。

「こないだの、三人殺しはどうなった。片はついたのかい」

「いや、まだだ」

「目星《めぼし》は」

「皆目」

「だろうな」

三人殺し——というのは、こうだ。

神田松永町にある料亭『松葉屋』の奥座敷で、殺し合いがあり、三人の客がそれぞれを差し合った形で死んでいた。

ただそれだけなのだが、三人の客は静かに飲んでいただけ、というのが気になるところだった。

ぶつかり合う物音など聞こえず、喧嘩をしていた様子もなく、係の女中があまりに静かなので覗いてみて、初めてその惨状に気付いたというのだ。

首をひねりながら松葉屋から出て来た平八郎と、表を通りかかった右近が出くわし、

「どうした、平ちゃん」

「うーむ、解《げ》せねえ」

と、なり、

「先生、ひとつ覗いちゃくれめえか」

と、なったものだ。

刀剣の鑑定だけでなく、斬首になった罪人の胴を使ってのお試し御用から、死体の鑑定までをこなす右近は、町奉行所とは切っても切れない仲だった。

惨状の場となったその部屋を見たとたん、

「おやっ」

と、なった右近だ。

「それぞれが、それぞれを殺《や》った、という形だが……どうも変だ」

どこか、不恰好なのだ。納得がいかない。

右近が丹念に調べてみると、死んでいる三人ともに、利き腕は右手だった。それなのに、三人共に左手一本で相手の身体にドスを突っ込み、しかも一突きで殺している。

「有《あ》り得《え》ねえ」

と、なった。

「何人かが部屋に飛び込み、突き殺しておいて、仲間割れのように見せかけた……それも手際よくな……平ちゃん、こいつは腕のいい、殺し屋の仕業だぜ」

右近は平八郎に、庭から上がったらしい足跡を見せて、

「下手人は三、四人。しかも手馴れている」

と、鑑たのだった。

三人殺しとは——そのときの事件をいうのだ。

まず下手人はみつからないだろう、という予想どおり、平八郎はまったく見込みがつかないようだ。

空《あ》いた右近の湯呑に、平八郎がドボドボと酒を注いだとき、二人の後ろに誰かが立った。

振り返れば、偽物売りの金兵衛だった。

金兵衛はいきなり土下座した。

「右近先生、お願いでございます」

「おいおいおい」

思わず右近はそんな声を出していた。

「お願いでございます……嶋右近先生……このとおり……どうか、もう一振りの刀を、鑑てはいただけないでしょうか」

「そいつも偽物かい」

「いえ……それが、分かりません」

「分からない？」

「はい……昨日に、お預かりしたものなのですが、なかなか受け取りに現れませず、難儀しております。一度、拝見したかぎりでは、なかなかのものかと」

「あんたの商売道具じゃねえんだな」

「とんでもございません……あれは本物で」

「お前さんが鑑て、そう思うのかい」

「わたしの眼は、節穴《ふしあな》でございます。ですから、右近先生に鑑定をお願いいたしたく……」

「おれは鑑定師だ。鑑てくれと言われれば、鑑てあげますが、名刀ともなると高いよ」

「おいくらで」

「こないだ鑑た村正は、一両だったたな」

「げえーっ」

となって、金兵衛は腕を組んで考え込んでいたが、

「ようがす。こいつは賭けだ」

そう決意すると、金兵衛は外に走り出した。

金兵衛の怪しい小屋は神田明神に近い妻恋稲荷《つまごいいなり》の横手にあり、ここからなら近い。走って往復できる距離だ。

しばらくして、金兵衛が戻ったとき、その手には立派な拵《こしら》えの刀があった。

「これでございます」

と、差し出す。

受け取って、鯉口を切り、スラリと抜き、フッと見る。

料理屋の明かりは弱い。だが、その明かりの中でも、その刀は異彩を放っていた。激しい誘惑が噴き出してくる。それを抑えつつ、パチリと鞘に戻した。

「預かろう」

内心の動揺を悟られぬように、それだけを言った。

「ありがとうございます」

「明日の九ツ半（午後一時）に、池ノ端七軒町のどぶ板長屋の嶋右近を訪ねてくれ」

金兵衛は三拝四拝して、新平を出て行った。

平八郎はジッと右近をみつめていたが、

「天は、二物を与えるものなんだな」

と、つぶやいた。

「いや、お前さ……剣の腕、剣の鑑定……どちらも一流だ……普通はどちらか一つだろうぜ」

「なにがね」

「お前だから愚痴《ぐち》るが、両方ともに修行は命懸けだった」

「鑑定もかい」

「父は厳しい人でね……毎日二本の刀を鑑る……間違えば、間違った方の刀で……」

「おいおい、本当かよ」

「あの人を父と思ったことはなかった」

「ふうーん」

「お陰で、剣の修行にも役立ったがね」

「それで勘当されてたんじゃ、世話ねえや……なるほど、親子でね……凄まじいもんだ」

「刀匠の家にはね……生まれるものじゃない」

「お前ん家《ち》にはだろ」

「違えねえ」

二人は笑い合うと、一緒に席を立った。

新平を出ると、冴え冴《さざ》えとした三日月が中天にかかっていた。

二人は左右に分かれ、軽く手を上げ合った。

平八郎は八丁堀へ、右近は不忍池の端を真っ直ぐに、どぶ板長屋へと向かった。

四

人の気配にふと眼が覚めたが、陰険な匂いがしなかった。それがために、わざと起きずにいたら、本当にまた眠ってしまった。

(――しまった)

と、飛び起きると、来客が二人あった。

ともに端坐《たんざ》して、ともに相手をみつめていた。

右も女、左も女だ。

女と言っては失礼かもしれない。ともに娘だ。

右は、研《と》ぎの名人阿久根《あくね》一斎《いっさい》の孫娘の、お美代《みよ》。左は、大身旗本で剣友の柳原《やなぎはら》伊織《いおり》の妹の、志乃《しの》――である。

二人はともに親しいが、右近にとっては頭痛の種でもあった。

「これはこれは、お早いお着きで……こんな朝っぱらから、どうしたというんです」

とりあえず、素っとぼけてみた。

「早くはありません。もうお日様は中天《ちゅうてん》にかかってますよ」

と、お美代はいつもの調子だ。

「そうですわ。一度はお目覚めになられたのに、また眠ってしまうなんて、失礼ですわ」

志乃はさすがに小太刀の名手、一度起きたことに気付いていた。

そうか——と、納得がいく。しばらく前に正午の鐘を聞いた覚えがある。そうか、もう昼すぎなのか。

「いやあ、昨日は少し飲みすぎたかな」

大きくのびをして、立ち上がり、女同士の対決の場からの脱出を図った。

井戸端に向かいながら、気分はよかった。

昨夜、長屋に帰り着くや、すぐに金兵衛から預かった刀を鑑た。

行灯《あんどん》を二つ灯し、その明かりでそれを鑑た。

「うーむ」

と、唸ってしまった。

酔いも眠気も吹き飛んでしまった。

「こいつは——」

大左《たいさ》ではないか。

つまり、右近の御先祖様、左文字。左衛門三郎安吉《さえもんさぶろうやすよし》とよばれ、五郎入道正宗の高弟、正宗十哲の一人で、通称を大左という名刀匠の作——ではないか。

しかし、左文字の太刀など、そうそう転がっているものではない。だが、どう鑑ても左文字なのだ。

右近の鼓動が速まり、眼がギラついてしまった。

それから一刻（二時間）ばかり、太刀を分解すると、中心から丹念に鑑てゆき、

「大左に、間違いない——」

と、断定した。

大振りで、反りは浅く、平肉少なく、切先は延び、フクラは枯れている。刃文は沸《に》え本位の焼き幅の広いのたれ乱れだ。

正宗直伝の証明だろうか、まさに相州伝の豪壮な覇気に富んでいる。特に刃文に活気があり、横手下に牡丹《ぼたん》のような大乱れを焼いている。

地肌は板目鍛えがよく詰み、渦巻き状の肌が現れ、まさに左文字であった。

銘はその名の由来ともなった太い文字で左裏に、筑州住と切ってあり、まず間違いはない。

ている。

「こういうところで、御先祖様が鍛ったものに出会えるとは」

独り言が思わず衝《つ》いて出た。

名状しがたい感動のようなものが、沸々《ふつふつ》と湧き上がってくる。

おおよそ、五百年前に我が祖先が鍛ったものが、今こうして眼前に燦然《さんぜん》とその姿を誇っているのだ。

前にも、二度ほど鑑たことがあるが、あれは質屋の仕事場で鑑たのであって、こうして自分だけでじっくりと鑑たわけではなかった。

「大左よ……ようも見事に鍛ったものよ」

右近は惚れ惚れとして眺めた。

しかし、こういうことがあっていいのだろうか。名もなき者が左衛門三郎安吉の太刀を所有している、ということがあるだろうか。

「こいつはひとつ、金兵衛に」

どういう経緯《けいい》で入手したのか、聞かずばなるまい。

それから興奮を抑えるために徳利酒となったのだ。

床に就いたのは、夜明けと言ってよい。

つまり、お美代と志乃には、深い眠りを寸断された形だったが、不快ではなかった。

「大左か……それにしても、よく手に入れたものよ」

ブツブツ言いながら部屋に戻ってみると、お美代と志乃の対決はまだ続いていた。

「問題はこれだな」

右近は覚悟を決めて、二人の前に坐った。

「さて、本日はどういう用向きでございましょうか」

と、空っとぼけたことを言う右近に、二人はキッ――とした視線を突き刺してきた。その眼はあたかも、

「お黙り、根性なし」

「さあ、どっちを選ぶの」

とでも、言っているかのようであった。

だが、お美代はガラリと表情を変え、

「あの、右近様……これを」

と、右近が十八の歳に鍛った右近正宗を差し出した。

「そうそう、研ぎに出していたんだ」

と、受け取った。

まさかりの長いものを――という想定で鍛った、身幅も平肉も重ねも、通常の刀の倍は

ある剛刀である。

「おじい様が、またもや感心していました……古今無双の名刀ですって……」

研ぎの名人である阿久根一斎は、刀を鑑る眼もまた名人級であり、そういう名人に誉《ほ》められると、悪い気はしない。

「いやいや、偶然とまぐれが合体しただけさ」

「でも、名刀は名刀。おじい様は昨夜、この右近正宗を肴《さかな》にゆっくり呑んでいました」

「そうかい」

「それはそれは、楽しそうでしたわ」

「いやあ」

と、楽しげに会話を交わす二人の仲を切り裂くように、

「右近様、兄の伊織が逸品《いっぴん》を手に入れた由、一度拙宅をお訪ねください、との言伝《ことづて》にございます」

と、志乃が割って入ってきた。

「分かりました。折をみて、伺《うかが》いましょう」

「いつごろになりますかしら」

「まだ分かりません」

「今日でよろしければ、今日でも構いませぬ。兄は今日、非番で在宅しているとのことでございます」

「なるほど……しかし、今日は来客があり、鑑定をやらねばなりません。ですから、後日ということで」

「なにか、嬉しそうですね。お気に入りの刀でも御入手なさったのですか」

どうやら、苦境にいながらも、顔に歓《よろこ》びが出ているらしい。

「わたしのではありませんが、偉い御先祖様の太刀をね」

「つまり、左衛門三郎安吉を」

「はい。拝むことができました」

右近が大左の末裔《まつえい》であることを、二人は知っている。それがために、お美代も志乃も膝を乗り出した。

そのとき――、

「ごめん下さいまし」

という、控え目な男の声が聞こえた。

「おっ、来たな……失礼、隣で応対しますので」

そう言うと、二人の娘は共に立ちあがった。

帰る——ということであるだろう。

どこかで、胸を撫でおろしながら、表戸をガラリと開く。

偽物売りの金兵衛が神妙な顔をして立っていた。

「お前さんは、いいところに来るね……さ、さ、隣に行こう」

と、隣の戸を開いて、金兵衛を招き入れた。

さすがに偽物売りでも刀剣にかけては眼がない金兵衛、右近の左手の剛刀を見て、

「それは……」

と、瞠目《どうもく》した。

「ああ、これか……これは右近正宗といって、おれが十八の歳に鍛ったものだ」

「なるほど、ですな……刀匠でもあったわけですか、さすがに大左の血ですな」

と、言いつつ、金兵衛の眼が泳いで、

「あ……あれは」

と、床の間に立てかけてある刀を指した。

「あー、あれか、国行だよ」

「く、国行って、あの来国行ですか」

「仇討ちのお礼に頂戴したものだ」

「はー、仇討ちの……あ、あ、あの刀架けの刀は」

「ああ、あれか……あれは野田繁慶《のだはんけい》さ」

「野田……繁慶」

「うん、辻斬りを成敗《せいばい》した、これも一種のお礼だな」

金兵衛は眼を白黒させるばかりだ。

普通の侍の家ならば、そのうちの一振りであろうとも家宝にする。そういう名刀が、幾振りも、しかも無造作に置いてある長屋の一間というのはどうであろう。

たしかに右近は名刀に恵まれている。

しばらく前になるが、この部屋には妖刀村正と関《せき》の孫六《まごろく》が同居していた。両刀ともに返却する羽目になったが、あのときは野田繁慶もあり、右近正宗もあって賑やかだった。

今は、左文字に、繁慶に、国行に、右近正宗にと、名刀が揃っている。このことを幸せと言わずして、なんと言うだろう。

「それで、先生……鑑定はどうでございました」

神妙な顔をさらに神妙にさせて、金兵衛が聞いてくる。

「それだ……何だと思うね」

「分かっていれば、大枚をはたいたりしませんよ」

と、懐《ふところ》の札入れから一両を取り出し、右近の方へと押しやる。

右近は遠慮なく受け取り、懐に収め、押入れの中から左文字を取り出してくると、畳の上にズシリと置き、

「聞いて腰を抜かすなよ」

と、笑った。

「ど……どうなんで」

「おれの血筋は知ってるな」

「へい、大左の血筋で」

「その大左よ」

「右近先生、御先祖の自慢話は結構でございますので、どうか鑑定の方をズバリとひとつ」

「だから言ってる……これは大左だよ」

「大左?」

「そう、左文字だ」

「本当に?」

「ああ、間違いない」

「………」

金兵衛の顔がみるみる蒼白《そうはく》になってゆく。

「どうした、左文字じゃ不足なのか」

と、からかえば、

「と、とんでもねえ……そうか……いや、そうですか……左文字でしたか」

そう言うと、金兵衛は腕を組んでしまった。

「預けたっきり、取りに来ないと言っていたが……」

腕を組んで考え込んでいた金兵衛、意を決したように腕を解き、

「こうなりゃ、右近先生に聞いて貰ったほうがいいかもしれねえ」

そう、つぶやくや、金兵衛は膝を改めた。

「これの持ち主は、菊池《きくち》武年《たけとし》と申される御浪人で、四人の無頼の浪人たちに追われておりました」

「なるほど……逃げて、お前さんの小屋の前を通りかかり」

「まったく、そのとおりなので……これを頼むと、後刻、取りに参ると、二両という金子《きんす》と一緒に」

「ふうーん……二両ね」

と、右近が金兵衛を睨《にら》みつけると、

「だから、一両はここにこうして持参したでしょうが」

金兵衛は情けない顔をした。

「なにも二両よこせと言ってるんじゃない。預けるだけで、二両とはね……その菊池さん、こいつの価値を知っていたんだな」

「さようで……」

「その菊池さんの様子は」

「こざっぱりとした様子でしたが、そこはやはり御浪人です」

「余裕があるようには見えなかったんだな」

「はい。所用があって江戸に参られたのか、馬喰町《ばくろうちょう》の旅籠《はたご》に投宿なさっておられると聞いたのですが……旅籠の名前までは……」

「金はありそうには見えなかった……それで、四人の不逞《ふてい》浪人どもに追われていたとなると、そいつらの狙いは、こいつだな」

右近は左文字をポンと叩いてみせた。

「やはり……」

「左文字ともなると、そこらの大名だって手は出せねえ」

そこで右近は気づいた。なるほど、金兵衛が蒼白になるわけである。

「そこで、その左文字の代りにと、その菊池様と交換いたしましたのが……例の……」

「ああ、偽の郷義弘か」

「はい」

「不逞の浪人どもは、菊池さんと偽の義弘を追って行った、というわけか」

「さようで……」

「左衛門一族は菊池家の御用鍛冶をやっていて、足利尊氏《あしかがたかうじ》を叩くために共に立ち上がり、多々羅浜《たたらはま》で一族が玉砕《ぎょくさい》したほど、菊池家とは縁が深い……その浪人が菊池一族の末裔だとすると、左文字の一振りや二振り、持っていても不思議はない……話としては合うよ」

右近の一言一言は金兵衛には重かったようで、金兵衛の顔はもはや紙のように白かった。

「で、どうするね、こいつを」

からかい気味に右近が聞くと、

「もう、しばらく、ここに……」

唇を震わせながら、右近にとって嬉しい方向へと話を向けてくる。

こういう話は躊躇《ちゅうちょ》してはならない。

「いいとも、しばらくと言わず、一生、預かったっていいぜ」

「そんなー」

金兵衛は泣きそうな声を出した。

だが、こうして右近は左文字を預かり、あの事件へと関わってゆくことになる——。

左文字《さもんじ》の怪

一

予感というものが、人にはある。

多かれ少なかれ、誰しもが持っているものだが、右近の場合それが特に強い。

今までも、そういう予感が的中するということは、しばしばだった。その敏感とも言うべき右近の特性が、なにか大きな出来事が、それも危険なものが迫っている——ことを、伝えていた。

昨日、金兵衛が帰ってから、その思いが強まっているのだ。

しばらく平穏だった右近の生活が、大きく波立つ——予感。

それは今朝になっても続いていて、妙に早く起きてしまっていた。

早くから仕事場に入り、名刀を並べてみた。

来国行、野田繁慶、左衛門安吉、そして右近正宗、である。

国行を抜き、そしてその刀身に見入る。

豪壮ともいうべき覇気に満ちた姿が匂い立つ。

(——うーむ、見事)

パチリと鞘に収め、左文字を手にすると、スラリと抜き放つ。

名刀の香りが辺りを払う。

さすがに名刀は、右近の心のさざ波を打ち消してくれた。シンと心が静まり、吐く息ですら重いものに感じられた。

顔も知らぬ先祖、というよりその道の大先達が、静かに語りかけてくれるような錯覚があった。

(——どうだ、生きているか左衛門安晴《やすはる》)

そんな声が聞こえそうな気がした。

代々、左衛門は継承することが家訓としてある。右近に父がつけた名が左衛門安晴であった。

父の生き方を否定して、家を飛び出したときに、その名を捨てた。捨ててつけたのが、嶋右近である。

左を否定した以上、つけるとするならば、右であった。だから、右近と自分で自分を呼んだ。

亡き父は、左衛門を超えようと、日々苦悩していた。苦悩の果てには狂ったような鍛刀が続いた。だが、ついに父は左文字を超えることは出来なかった。

おれとても、あのまま刀匠を続けていれば、左文字の亡霊に追われ、そして怯《おび》え、己を見失っていたやもしれぬ。

しかし、刀はいい。抜くだけで、精神が高くなってくる。

「これに……孫六と村正があったのにな」

しばらく前のことを思い出し、右近はニッと笑った。

右近の腹が鳴っていた。

右近は左文字を鞘に納めると、朝食の支度にとりかかった。

おかゆに漬物という朝飯を食べていると、いきなり戸が開いて北町奉行所定廻り同心の奥平八郎が顔を出した。

「先生、いるかい」

「おう、平ちゃん、どうしたい？」

「昨日、新平で会った偽物売りの金兵衛だが……」

「金兵衛がどうした」

「そいつの小屋はどこにあったね」

「妻恋稲荷のとなりだ」

「それよ……その小屋で金兵衛は殺されたぜ」

——刻《とき》が、止まった。

「金兵衛が、どうした?」

「殺されたよ」

「小屋で?」

「小屋でだ」

「誰にね」

「殺《や》ったのは、侍《さむらい》だ。何人かで殺った」

「斬り口は」

「鮮やかとはいえねえが、あれは刀疵《かたなきず》だ」

来た——ことを、右近は確信した。

殺ったのは、菊池という浪人を追っていた四人組だろう。

「ということになると……殺られたのは、これで二人目だね」

平八郎は右近をジッと見て、

「なぜ、分かる」

と、聞いた。

「殺られたのは、年老いた浪人」

「だな」

「場所は」

「柳原土手」

「殺されて、二日ばかり経っている……だな？」

「おい、千里眼か」

「無数の刀疵があった」

「金兵衛と同じさ。殺してから土手の草むらに隠してたのが、今朝みつかってね」

「では、その人の名も分かるぜ」

「聞こうか」

「菊池武年という浪人だ。馬喰町の旅籠に投宿していると聞いた」

平八郎の後ろに控えていた御用聞きがすぐに走り出す。

さすがに平八郎の下にいる御用聞きだ。なにをしなければいけないか、言われなくとも分かっている。

「なぜ殺られたのか、分かるかい」

「菊池さんは、浪人には不似合いの名刀を持っていた」

「それを狙われたか」

「狙っていたのは、四人のごろつき浪人だ」

「これも聞きたい……なぜ、金兵衛まで殺した」

「金兵衛は、その菊池さんから、名刀を預かった」

「つまり、それが昨日の」

「新平に持ってきたやつさ」

「モノは」

「左文字」

「これはこれは」

「そう、おれが御先祖様が作さ」

「左衛門安吉か……」

平八郎の顔が、ならば殺されても仕方がないな——と、語っていた。

「その左文字は」

「おれのところにある」

「鑑て、返したのじゃないのか」

「金兵衛のやつ、左文字だと知って怖くなり、おれに預けたんだ」

「金兵衛の身体はひどいもので、責められた跡があった」

「つまり……吐いたか」

「と、なると、次は」

「このおれが」

「狙われる」

右近、キッとした視線を宙に向け、

「嶋右近と知って狙ってくるのなら結構だ。金兵衛と菊池さんの仇《あだ》が討てる」

そう断じた。

平八郎がゾッとなるほど、右近は凄い眼をしていた。

右近は怒っていた。

好きな者ならば涎《よだれ》が出るほど欲しい、名刀の左文字がからんでいるとはいえ、たかが刀一本のことで、人を二人も殺すとは――。

（人間のやることではない）

のである。

「浪人が四人、左文字を追っていた……そいつらが欲にかられたか……それとも裏に誰かがいやがるのか」

「そいつは、今夜あたり、分かりそうなものじゃないか」

右近が襲われて、返り討ちにしてしまえば、すべてが解決する——と、言っているのだ。

「お前なあ、襲われるのはおれだよ」

「なあーに、嶋右近と知って来るのだ。思い切ってやれよ」

「先手を打って、四人の居所をつかみ、捕縛しようとは思わないのか」

「相手は侍だ。町方じゃ手が出せねえ」

「手前、浪人は侍に入らねえと、何人ふん縛《じば》ったよ」

「いやいや、あれはいけなかったんだ。間違いは間違い。お定法《じょうほう》はお定法だからね」

と、平八郎は澄ましたものだ。

右近の剛剣で叩き伏せてくれれば、それでことは済む。その方が安くつくし、早く片がつく——と、思っているらしい。

「逃げ出した奴は、任せたぜ」

右近がそう言うと、平八郎はニッと笑い、

「よし、合点だ」

と、胸を張った。

二

大番屋の土間で、苦悶の表情をして固まっている亡骸《なきがら》は、まさに悲惨の一言だった。

四人の浪人になますのように斬り刻まれたものらしく、八ヶ所の疵があった。

（なぶり殺しか――）

金兵衛の小屋ですり替えられた腰のものは、抜き取られていた。

四人の浪人者たちは、金兵衛が替わりに与えた偽の郷義弘を、狙う左文字と思って持ち帰ったらしい。

剣に詳しい者ならば、抜き取ったその場で調べるはずだ。そして偽と知る。だが、それがないということは、剣には詳しくはないということになる。しかも、浪人たちは何処《どこ》かへと持ち帰った。

つまりは、裏で糸を引いている者がいる、ということだ。おそらく左文字を奪えと指示した者は、剣に詳しいだろう。持ち帰った偽の郷義弘を見て、それが左文字ではないこと

を看破《かんぱ》する。話の流れとしては、

「どこかで、すり替えられた。どこか思い当たるところはないか」

と、なったはずだ。そう問われた四人の浪人者たちは、

「そういえば……」

と、金兵衛の小屋を思い出した――。

そのとき、その金兵衛の死体も大番屋へと運ばれてきた。

こちらの死体は無残というより酷《ひど》いものだった。

明らかに拷問の跡があった。

金兵衛ならば、責めにかけるまでもなく、吐いたであろうに……。

右近は金兵衛の死体の腕に触った。

(――金兵衛、吐いたか……おれがことを吐いたであろうな……それでよい……それでなければ、金兵衛の仇は討ってやれんぞ)

おのれの欲する物のために、人を殺し、人を責め、そして殺す。人がすることではない。犬畜生にも劣る外道《げどう》のやることだ。

「この遺体、引き取り手はいるのか」

という右近の問いに、

「金兵衛には、高田馬場近くで小間物屋をやっている息子夫婦がいて、今こちらに向かっているはずだ」

「浪人の菊池さんには」

「馬喰町の旅籠に……孫娘が一人」

菊池という人物はおそらく、六十近くであろう。とすれば、二十五で結婚して、子供を生み、その子供が成人して……と、すれば、その孫娘はおそらく、二十歳前後か。

「そのお孫さんが」

「引き取りに……来る」

そう言って表を見た平八郎、

「いや、もう、来た」

と、口を歪《ゆが》めた。

右近が見れば、大番屋の入り口に、可愛い女の子が立っていた。

「おい、平ちゃん、引き取り手って……あの娘か」

「ああ、そうだ」

「ああ、そうだって、お前」

そのときはすでに、平八郎は草履《ぞうり》を脱ぎ飛ばして、奥へと去ろうとしていた。

流れから、右近が相手をせざるを得ない。右近は心に重いものを感じながら、その子を手招きした。女の子はおずおずと入ってきた。

「名前は」

「なみ、ともうします」

「いくつになった」

なみは、片手突き出し、指を立てた。

四歳である。

どう言えばいいのか、どの程度言葉が分かるのか、子のない右近には皆目分からなかった。だが、この場の状況だけは説明しなければならない。

「なみ、心して聞くのだ……おじい様が災禍《さいか》にあわれて、お亡くなりになった」

なみはうなずいた。

おそらく旅籠を訪ねた平八郎から、祖父の死を聞かされていたのだろう。なみは唇をキッと嚙んだ。おそらく、泣くまいとしているのだ。

なみの健気《けなげ》さが、胸に沁みた。

「人という花は、つぼみから始まり、やがて美しく咲きほこり、さらには枯れて、散って逝《い》く……おじい様は順番どおりに、黄泉《よみ》の国に旅立たれた……そう思いなさい」

「はい」

覚悟のしみこんだ、いい返事だった。

「それで聞くのだが……なみはおじい様と二人だけで旅をしてきたのかい」

「はい」

「なみの御両親は」

「いません」

「いない？」

「はい」

「それは、死んでしまった、ということか」

「はい」

「なぜ死んだのか、分かるか」

「からつのまちの、たいかで」

「からつって、肥前《びぜん》の唐津か」

「はい」

そうか、九州は肥前の国の唐津から、延々と旅をしてきたのだ。

おそらく唐津の町で大火に遭い、両親は焼け死に、なみと菊池老人だけが助かったのだ。

「身寄りは、おじい様だけなのだな」

「はい」

右近は思わず眼をつぶってしまった。

あまりに痛ましい少女の境遇と、これから襲いくるであろう過酷な人生を思って——である。

「江戸を目指して来たのかい」

「はい」

「江戸の何を目指して……あるいは、誰をたずねて来たんだ?」

「おばさまが、ねづごんげんに」

「いるのか」

なみは黙ってしまった。

「根津権現に叔母《おば》さんをたずねたけど、いなかったのだね」

なみはうなずいた。

おそらくただ一人の肉親、それが根津権現の近くで働いているか、その近くの者に嫁いだ叔母だったのだろう。年老いた自分だけではと、なみの未来を心配し、自分の娘を頼って江戸に来た。だが、その娘は、なみにとっての叔母は、いなかった。

やはり、なみは身寄りをなくし、たった四歳でただ一人、江戸の町の真ん中に放り出されてしまったのだ。

（――なんということだ）

暗然たる思いに右近の心が泣いたとき、平八郎が戻ってきた。

「平ちゃん、四つの娘に酷い死体を引き取らせる気か」

「そうくると思ったぜ……そんな酷いことができるわけがないだろう。その娘がいる旅籠の主人が、なにくれとなく面倒を見てくれることになっている」

その主人というのはどこにいる――と、右近は目顔で問う。

「おっつけ来るだろう。暇な旅籠じゃねえんだよ」

と、言いながら、表へと足を向ける平八郎だ。

右近は安堵《あんど》の胸を撫で下ろした。

ならば――なみに、無残な死体を見せることもない。

右近はなみの小さな手を引いて、板間の端に坐らせると、

「おじい様は優しい人だったかい」

と、聞きながら右近も横に並ぶように坐った。

なみは顔を愛くるしく歪《ゆが》めて見せた。

「なるほど……優しいときは優しいけど、行儀作法や躾《しつけ》は厳しかったんだね」

なみは大きくうなずいた。

「なみはいい娘《こ》だ。本当にいい娘だ」

思わず、右近はなみの頭を撫でていた。そうしてやりたくなる何かを、なみは持っていた。

「いいか、なみ……身寄りを亡くした悲しみになんか、負けてはいけないよ」

なみは小さくうなずいた。

「なみは、力強く生きていかねばならない。どんなことがあっても、くじけずに頑張るんだ。頑張ってさえいれば、いつか必ず、幸せになれる」

なみは何かを訴えるように右近を見た。

「なにか困ったことがあったら、おれのところに訪ねておいで……このおれでよければ、なみの力になってあげる」

なみの大きな眼から、大粒の涙がこぼれ落ちた。

「いいな、忘れるなよ……池ノ端七軒町のどぶ板長屋の嶋右近……それがおれの名だし、住まいだ」

右近は懐紙でなみの涙を拭いてやった。

「しま……うこん」

「なにかあったら、忘れずに訪ねるのだぞ……変な名だから覚えやすいだろ」

そのとき、大番屋に旅籠の主人とおぼしき男が入ってきた。

呼応するようになみが立ちあがり、右近も立ちあがった。

「おお、なみちゃん、おじい様が大変だったね」

好々爺《こうこうや》らしい旅籠の主人は、なみに走り寄った。

そうして右近に頭を下げた。

「この子がお世話になりまして」

「いや、おれは何もしておらんよ」

「いえいえ、この子は本当に人にはなつかない娘なんです……それがぴったりと寄り添うようにして……」

「ほう……それほど、人を警戒するのか」

「はい」

「よほどのことがあったのだろうな……それにまたこれでは、やりきれんな」

「ひどい世の中でございますよ」

「うん……ふざけた奴らが多すぎる」

「まったくで……」

「では、なみのこと……頼みます」

右近は自分のことのように頭を下げた。

去ろうとする右近を止めるかのように、なみが手を強く握ってきた。

「なみ、いいな、忘れるな……池ノ端七軒町の嶋右近だぞ」

なみが食い入るように右近をみつめてくる。

「じゃあな……しっかりするんだよ」

そう言うと、右近はなみの手を振り切るようにして、大番屋を後にした。

戸口の横で平八郎が待ち受けていた。

「右近」

そう珍しく、名前を呼んだ。

「その四人組、老人を殺しただけでなく、あの娘の心の支えまで奪ったことになる」

人を一人殺すということは、悲しみの連鎖を起こさせる。

そう言いたげな平八郎の眼も怒っていた。

「平ちゃん、ふざけたそいつらは、今夜にでも来るだろう……おれはそいつらを、一人残らず、ぶった斬るぜ」

右近はそう断じた。

「長屋はぶっ壊れるかもしれねえ。その旨《むね》、大家たちに通達しといてくれよ」

そして歩いた。

無性に腹が立っていた。

なみのいたいけな姿が、瞼《まぶた》から離れようとしなかった。

なぜだ。なぜ、あの娘が独りで生きていかねばならない。あの娘が何をしたというのだ。

あの娘が罪を犯したというのなら、悲しいことが矢継ぎ早に起きても仕方はない。だが、
あの娘が何をしたというのだ。愛らしく懸命に生きているだけではないか。

それを手前らは――。

許せん。断じて、許せん。

右近はかつて抱いたことのない殺意をたぎらせていた。

三

右近は長屋に戻りながら、なみの身に起きたことを反芻《はんすう》していた。

唐津の町が大火に見舞われ、おそらく唐津藩の藩士であった菊池氏は妻子ともども焼け

死んだ。生き残ったのはおそらく、幼いなみとすでに隠居していた菊池老人だけだ。

おそらく家督《かとく》を継ぐ長男も焼け死んだに違いない。隠居していた者が菊地家を継ぐわけにもいかず、また幼いなみに婿《むこ》を貰うこともできず、菊池家は断絶した。いわば、大火の後の藩財政の苦しさがそのことを助長させたのだろう。

残されたのは年老いた自分一人ということに心痛めた菊池老人は、いろんな人たちが申し出てくれた援助などをすべて断り、家宝として大事にしてきた左文字を腰に、なみを連れて江戸にいるはずの我が娘を頼り、延々とやってきた。

だが、娘はみつからず、老人となみは路頭に迷うこととなった。行方知れずの娘を探すにも、しばらく江戸に滞在しなければならない。路銀《ろぎん》が乏《とぼ》しくなった老人は、おそらく左文字を処分しようとした。質屋かどこかに左文字を持ち込んではみたものの、老人が予想していた値よりかなり低く見積もられ、老人は左文字売却を断念した。

その質屋か、その場にいた者が、左文字に眼をつけた。年老いた老人が一人である。奪うことは簡単だ。そしてそいつは懇意《こんい》にしていたごろつき浪人四人に、左文字を奪うことを依頼した。

四人は老人をつけまわし、左文字を奪う機会を狙った。それと知った老人は逃げた。地理に不案内な江戸を、老人は懸命に逃げ、四人を撒《ま》くことを得た。

そのときに金兵衛の小屋が眼に入り、「かたなや」を呼称している以上、刀にかけては信頼できるだろうとその小屋に飛び込み、金兵衛に二両を添えて左文字を預けた。小知恵の回る金兵衛は、左文字の替わりに偽の義弘を与えた。

そして老人は逃げ出たところをみつかり、ついに柳原土手に追い詰められ、そこで囲まれ、そして斬られた。

四人のごろつき浪人は、老人の腰のものを奪い、依頼者の許へと持参した。刀に詳しいそいつは、真っ赤な偽物だと見破り、どこかですり替えたのだと問い詰める。そこで四人は金兵衛の小屋を思い出し、小屋へと押しかけ、金兵衛を責めにかけ、嶋右近という鑑定師のところに左文字があることを知った。

左文字の在り処《ありか》を知れば、金兵衛には用がない。そこで金兵衛も斬られた。なますのように――。

そこまでは、まず間違いはないだろう。

二人の亡骸から判断して、あまり鮮やかな斬り口ではなかった。つまり、四人はろくな腕ではない。おそらく徒党を組まないと、夜など出歩けもしない臆病者たちに違いない。

と、なると、まず、おれがことを調べ、その評判を聞く。近隣には右近の評判は轟《とどろ》き渡っているから、まず凄い相手であることが分かる。そうなると、昼間からの襲撃は怖くて出来ない。つまり、襲撃は右近が寝入ってしまっている真夜中。しかも人数を増やして襲ってくる。

と、そこまでを、右近は読んだ。

それにしても、たかが刀一振りのことで、老人と町人の二人を殺し、いたいけな娘を天涯孤独に追いやる——ということが、許されていいのだろうか。

それは断じて、許されるべきではない。

老人一人を殺《や》るにしても、四人がかりで殺っている。

腰抜けめ。

「斬ってやる」

右近はそのことを口にした。

これほど明確に人を斬ることを意識したことはなかった。

だが、それは自然だった。

不忍池を廻り、長屋が見えてくる場所に来ると、右近は足を止めた。

長屋の前に二人の浪人がいた。

なにやら、ひそひそ話をしている。

どうやら、例の四人組の片割れらしい。

右近がゆっくりと近づくと、浪人二人はネズミが消えるように、いなくなった。

（――やはり、探りを入れてきやがった）

と、なれば、今夜、この長屋は戦場となる。

右近はじっくりと、どぶ板長屋を見た。

どぶ板長屋は、木戸を入ると左右に一棟ずつの、六軒つづきの長屋がある。路地の真ん中は低くなっていて、溝が掘られている。雨水も生活から出る汚水も、そこへと流れ込む。

一応、溝の上には板が敷いてあって蓋《ふた》となっているが、雨が強く降れば雨水はあふれ返り洪水のようになってしまうし、汚水は汚水でそこに溜まり異臭が立つ。

長屋のみんなが交替で掃除もするし、流れ込んだ泥も浚《さら》うが、どうしても異臭は立ってしまう。

もっとも、この長屋のどぶ板は、普通の長屋のものと違って桜材の分厚い立派なもので、そのどぶ板が立派という意味で〝どぶ板長屋〟と呼ばれるようになったものだ。

長屋そのものは、風が吹けば飛ぶような代物だ。

「壊れるだろうな」

右近はそう思った。

壊れる。この長屋が――である。

以前にも一度この長屋は、凄い剣客どもに襲撃を受けたことがある。

そのとき右近は、そのことがあることを感知して、身を移していたために、災禍を逃れたことがあった。

だが、そのとき、二軒つづきの右近の部屋は、まさに台風一過の様相を呈していた。

今度は待ち受けていて、襲撃者たちを叩き斬るのだ。

下手すると、長屋は潰れる。

そのことを告げに大家のところに行くと、奉行所の方から、右近にできるだけ協力してやってくれ――という連絡があったという。

「右近様、存分に――」

と、大家は言ってくれた。

まず、主戦場は木戸を入ってすぐの右近の住処《すみか》だろう。それと隣の右近の仕事場だ。迷惑がかかるとすれば、隣りの兵六とおよねの夫婦だ。

隣を訪ねると、兵六はまだ大工の仕事から戻っていず、およねだけがいた。この夫婦は子供がいないので、今でも仲睦まじい。夜半仕事場にいると、妙な声が聞こえてきたりするのだ。

「今夜、大変なことになるから、二人で身をかわしていてくれ」

と、頭を下げた。

「なんですよう。なんてことをするのさ右近さん。ここら一帯は右近さんがいるから、枕を高くして寝ていられるというものですよ。右近さんが今日は家を空けろと言えば、喜んで空けてあげますよ」

と、二つ返事だ。

「ちょうどね、深川の妹に会いたいと思っていたところさ」

「済まぬな」

およねはポンと右近の肩を叩くと、いそいそと支度を始めた。

外に出て、改めて眺めてみると、長屋は非常に脆弱《ぜいじゃく》に見えた。

被害を最小限に食い止めたとしても、最低でも四人の浪人者を斬ることになる。そいつらが流す血だけでも、相当のものがあるし、鉄の塊《かたまり》をもった大の大人が思いっきり暴れるわけだから、壁や柱はないも同然の状態になるはずだ。

（――暴れさせず、素早く仕留めなければならぬ）

ほかの長屋の者たちや、対面の長屋六軒を廻って、

「今夜、何があっても、外に出てはならぬ」

ことを伝えた。

右近がそういうことをするのは初めてのことだけに、皆神妙な顔をしてうなずいてくれた。

自分の部屋に戻ると、部屋にある荷物を仕事場に移し、障子などを外してこれも仕事場に移した。部屋に残ったのは行灯と布団だけだ。

がらんとした、思っていた以上に広い部屋が見渡せた。

「いつもは狭いと思っていたが、こうしてみると、存外広いな」

と、独り言が口を衝《つ》いた。

「よし、受けて立つか」

そうつぶやくと、右近はおもむろに畳を裏返しにしていった。戦いを前にして、やらねばならぬ基本である。

仕事場から運んできた四本の刀を、ここぞと思われる場所に置くと、右近は部屋の真ん中に坐った。

まさに、迎撃態勢万全の部屋であった。

「いるかい」

という声がして、仕出屋《しだしや》を連れた奥平八郎が顔を見せた。右手には大徳利が下がっている。

「まあ、ちょいと飲《や》って、少し寝とくんだな。連中が来るとしたら、真夜中だろうぜ」

と、平八郎は徳利を右近の前に置いた。

仕出屋は煮物や焼き魚を並べると、頭を下げて静かに出て行った。

「まあな、おれが寝入ってからじゃねえと、来ねえだろう。老人や町人をよってたかってのろくでなしだ。おそらく人出を増やしてやってくるだろうよ」

「ちげえねえ。表を二人ばかり、浪人者がうろちょろしていたが、あれは物見のつもりだろうぜ」

「まだ、いやがったか」

右近は湯呑みに酒を注ぐと、グイと飲り始めた。煮物をつまみ、

「旨《うま》い」

と、笑って見せた。

「な、右近……お前、お美代ちゃんのこと、どう思っているんだ」

さりげなく、平八郎が聞いてくる。

「というより、志乃さんとお美代、どっちを、どうするんだ」

「どうすると言って……どうしようもない」

「放っておくのか……それじゃ、お美代ちゃんが可哀相だな」

「志乃さんはいいのか」

「いやいや、志乃さんもだが……ここらで、はっきりしろよ」

「できればいいのだがね……それより、なんでこんなときにそんなことを……お美代に何か言われたのか」

「いやいやいや、いいんだ……おれはそこらを廻ってくる」

顔を赤くすると、平八郎は立ち上がった。

「しばらく飲って、一寝入りするよ」

「おう、そうしねえ。何人かは置いていくんで、安心してやすみな」

御用聞きを何人か置いていくと言うのだ。

心強いことだった。

平八郎が出て行き、右近がさらにグイと飲ったとき、戸口に影が差した。

「開いてるよ」

と、声をかけると、姿を見せたのは志乃だった。

名前が出たばかりだったので、右近は「あっ」となってしまった。

大輪の花を思わせる志乃は、匂いこぼれんばかりの美しさだ。

右近の息が止まり、鼓動が速まってくる。

（——美しい）

そう思う。その美貌は減じるどころか、日々その勢いを増し、さらに輝いてくるように思える。

（むう——）

獰猛《どうもう》とも言うべき衝動が衝き上げてくる。

身体が叫ぶ。

欲しい——と。

心が泣く。

一緒にいたい——と。

これだ。これがもっとも危ないのだ。

刀剣の研ぎの名人、阿久根一斎の孫娘のお美代と、剣友柳原伊織の妹の志乃。この二人に愛を告げられて以来、一触即発の関係が続いていた。

妹のように思っていた愛らしい美代と、高嶺《たかね》の花だと思っていた美しい志乃。それが同時に、堰《せき》を切ったように迫ってきたのだ。

まだまだ人間として未熟だと思っている右近には、嫁を貰うということもそうだが、嫁として二人のうち一人を選ぶというのは、出来なかった。

「嫁をもらう甲斐性がない」

として、どうにか乗り切っていたが、こうして会ってしまえば、その我慢もいとも簡単に崩壊する。

ともすれば、傾こうとする気持ちを抑える方法は、ただひとつだった。

それは――会わぬことだ。

会えば気持ちが傾く。傾けば追い詰められているだけに、どう暴走せぬともかぎらぬ。

特に志乃とは、あわやという際どいところまで行っているだけに、想いを抑えるだけで精一杯だった。

だから――、

「できるかぎり、会わぬ」

ことを決め、そのことを実行してきた。

先日の突然の来訪も、どちらか一人であったならば、危うかった。二人いてくれたことをどれほど感謝したことか。

会えばもはや己《おのれ》を制御できぬ――ことが分かっているだけに、右近は会わぬように必死となっていると言ってよい。

今右近の精神を乱す唯一のものは、お美代と志乃の存在だった。

その心乱す原因が、向こうから訪ねて来ていた。

それもこの長屋が襲撃を受ける寸前に——である。

襲撃してくる敵を殲滅《せんめつ》せねばならぬ直前に——である。

「志乃さん、今日はなにか」

右近は腰を浮かし、乾いた声を出した。

「いえ、すぐ近くまで来たものですから……」

どことなく、志乃の声も乾いていた。

「それが志乃さん、今日はここには来てはいかんのだ」

「そのようですね」

志乃は殺風景な部屋を見回した。

「しかし、まあ、せっかくだから、お上がりなさい」

右近は腰を下ろして、湯呑みに酒を満たした。

志乃は上がってくると、右近の前に座り、

「綺麗さっぱり、なさったのですね」

と、艶然《えんぜん》と笑った。

この世のものとも思えぬその笑顔に、右近の心が波立ち、息苦しくさえなってくる。

そしてあの日に触れた秘所の感触が、ありありと甦《よみがえ》ってくるのだった。

そういう不埒《ふらち》な気持を打ち払うかのように、右近は裏返った畳を指して、

「これが何を意味するか、分かりますか」

と、問うた。

「裏返った畳……戦《いくさ》でも始まるのですか」

「分かりますか」

「聞いたことがございます……血糊《ちのり》で滑らぬための用心とか」

さすが武家の娘で、小太刀の名手だ。

「ここが、これから、襲われるのです」

「ここが」

「はい」

「なぜに」

「原因は、この左文字にある」

右近はスッと左文字を志乃の前に置き、湯呑みで飲りながら、それを入手した経緯と、
二人の人間が殺されたことを語った。

「名刀中の名刀である左文字を手に入れるためとはいえ、酷いことをするものですね」

　志乃もまた眉を曇らせた。

「一人残された、そのなみという娘が可哀相でな」

　フッと右近の顔が曇ったのを、眩《まぶ》しそうに志乃はみつめ、

「名刀が現れるたびに、右近様は騒ぎに巻き込まれてしまいますのね……右近様らしいと申せばよろしいのでしょうか」

　そう話を変えた。

「まったく……」

「ここでその四人組を待ち伏せするのですね」

「うん……探す手間が省ける」

「大丈夫なのですか」

「老人や刃物すら持たぬ町人を、四人がかりでなぶり殺しにした連中です。侍の風上にも置けぬろくでなしどもだ。相手するのは屁でもないが、一応刀をもった狂犬ですからね」

　志乃は右近の噂はいろいろ聞いていたし、起きたことも幾つか知っていた。ただ、実際に右近の技倆《ぎりょう》を見たことがないだけに、不安であるようだ。

　志乃はその不安を紛《まぎ》らせるように、こちらの部屋に移してあった四本の刀を交互に眺め、

「国行に……繁慶に……左文字……それに右近正宗……兄が見たらなんと言うでしょう」

しみじみとそう言った。

右近も湯呑みを傾けながら、それらを見やり、

「うん、不思議と集まってくる」

そう、笑った。

「刀剣だけでなく……女の方も」

ギクリとするようなことを志乃がつぶやく。

「仕事柄、でしょうかね」

聞こえぬふりをして、右近はそう逃げた。

「いいえ、人柄でしょう……人柄と言ってもその子供っぽいところでしょうか」

さすがに志乃、きりっと尻尾《しっぽ》をつかんで放さない。

「あー、しばらく前、どこかの馬鹿息子とお見合いをするとか、言ってましたが……あれはどうなったのです」

と、そう逃げた。

あっ、逃げる方向が違う——と、思ったが、すでに言い終わっていた。

「あれはお断りしました」

「なぜです」

いかん――と、思いつつも聞いていた。

「わたくしには、想いを寄せている殿方《とのがた》がいるのです」

「やっぱりどこかの馬鹿息子ですかね」

「馬鹿は当たっていますけど、息子ではなく、立派に自立したお方です」

「ふう――ん」

「もっとも当人は……自立しているとは思っていらっしゃらない」

「なんだと言うんです、そいつは」

「日本一の甲斐性なし、だそうです」

「ふーん、当人がそう言ってるんだから、そうなんじゃないかな」

「いいえ、子供なんです」

「へえ――っ」

「きっと、責任のある立場に立ちたくないのです」

「ほーう」

「卑怯といえば卑怯、子供といえば子供」

「けえーっ、きっとそいつは一生大人になれませんぜ」

「でしょうね。本当のお馬鹿さんですもの」

右近の顔が赤らんでいた。

「その馬鹿野郎のことですが、おれも馬鹿なんでよおく分かるんだ……その馬鹿は、貴女《あなた》のことを想って、貴女の幸せを願って、そいつは身を引いてる……そう思う……だから」

「だから？」

「だから、そいつの気持を汲んで」

「汲んで？」

「あげちゃあ、いかがかと……」

「そうして、好きでもない他の人に嫁げと？」

「……」

「わたしの気持ち……わたしの想いは、どうなるのです」

「親の薦《すす》めなどで、心すすまぬままに嫁いで、幸せになった人はたくさんいます」

「人は人、わたしはわたしです。たしかに今までは、そうであったかもしれません。でも、わたしは嫌なのです」

「自分のことは自分で決める、と？」

「はい」

斬新《ざんしん》というべきか、この時代にあっては、かなりの変わり者と言わざるを得ない。

おそらく、武家に嫁ぐのであれば、家督を相続してゆくことが最大のものなれば、家と家の問題や身分のことなどで、考えも行動も縛られてしまうだろう。だが、右近のところに嫁ぐのであれば、家のない右近にはそういう問題は生じない。継がせるべき家督など、どこにもないのだから、そういうこととは無縁であった。

そういう自由な右近と、斬新な、

「女にも、選ぶことくらい、してもいいと思うの」

という志乃の想いが結びついていた。

「わたしは、わたしの想う殿方と結ばれたいの」

「志乃さんの想う人」

「はい……わたしは、そのお馬鹿さんが好き……ときどき、自分でも狂っているのかと思うほど、そのお馬鹿さんのことが好きなのです」

刻《とき》が止まったように感じられた。

右近がそっと志乃を盗み見ると、燃えるような瞳がヒタと右近へと向けられていた。

「だから……その馬鹿は、甲斐性がないんじゃないでしょうか」

「この場合、甲斐性など問題ではありません。女の方から命懸けの想いを告げているのに、甲斐性などという愚劣な言葉で逃げて欲しくないのです」

今までと、その気迫が、その気組みが違っていた。

こういう烈《はげ》しい志乃を見るのは、初めてだった。

「しかし……」

「お馬鹿さんとはいえ、人の気持ちくらいは分かるはずです」

「……」

「わたしを想うなら……わたしの本当の幸せを願うならば……わたしを奪って!」

誤魔化すべく、勢いよく飲もうとした手が止まり、湯呑みの酒がこぼれて、右近の膝を濡らした。

「奪え、と?」

「はい」

右近と志乃の視線が火花を散らした。

右近は今、普通の状態にない。戦いを前に血が昂《たか》ぶっている。

これから一寝入りしようとはしているものの、根の部分では戦いに向かって昂揚している。つまり、異常の世界にいた。

戦う——ということは、獰猛《どうもう》な野獣になるということだ。

本能を目覚めさせ、尖鋭化させるその最中にある。

男として、もっとも危険な領域にいた。

「奪え、と」

「はい」

「後先も考えず、獣のように奪えと」

「はい」

「奪うということが、どういうことか、分かっているのですか」

右近は腰を浮かした。

戦いの前の昂ぶり、そして酒、さらに美女の煽《あお》り、三者が渾然《こんぜん》として、右近を別の生き物にした。

あっ——と、志乃が思ったとき、素早く右近が立ち上がり、志乃を抱き上げていた。

志乃を抱いたまま、奥の夜具を重ねているところに行くと、見事な足さばきで夜具を広げると、そこへ志乃を下ろした。

「これより、奪う」

乾いた声で宣言すると、右近は志乃の口を吸い、右手で着物の裾を割った。

そのとき——、

「旦那ぁー、右近の旦那ぁー」

という、平八郎の手下で『車坂下の辰《たつ》』と呼ばれている御用聞きの声が響いてきた。

右近は、反射的にパッと立ちあがっていた。

戸口に向かう暇も与えず、戸が開かれ、

「旦那、浪人たちが十人ばかりで、こちらにやって来ますぜ」

と、辰が蒼白な顔を突き出した。

「そいつらの行方がここだと、なぜ分かる?」

「先頭に立って案内しているのが、先ほどここを窺っていた野郎なんで」

なるほど——間違いはなさそうだ。

連中は新しく浪人を雇い、その人数を頼んで、まだ陽があるうちに、ここを襲う腹を決めたらしい。

この場を襲われてはたまらない。

ここには、志乃がいる。

「連中は、今どこだ」

「不忍池に差し掛かったところで」

「そこで動きを阻止しろ」

「止めるんですか」

「そうだ。こう伝えろ……嶋右近が左文字の名刀を持参して、これからそこへ出向くと、そう伝えろ」

「へい」

車坂下の辰は、すっ飛んで消えてゆく。

「志乃さん、これから腐った奴らを叩き斬りに行く。危ないから志乃さんはお帰りなさい」

すでに志乃は立ちあがり、乱れた裾を直していた。

その見上げた顔のなんと色っぽいことか。

「平穏なときに、今度こそ、奪ってあげる」

そう言い捨てると、右近は右近正宗を腰間にぶち込み、左文字を抱えると外に出た。

外には、見事な夕焼けが広がっていた。

右近の舞い

一

上野の山はすでに黒々と黄昏《たそがれ》ようとしていた。

足早に向かう右近の前に、その黒い集団はいた。

不忍池を左手にして、奥平八郎が両手を広げ、十人ばかりの浪人たちの群れの動きを阻止していた。

どうやら、平八郎のところへも、浪人襲来の注進は届いたようだ。その注進に駆けつけたとおぼしき御用聞きたちが、決死の表情で平八郎の脇にへばりついていた。

近づいてくる右近の姿を認め、浪人たちがざわめいた。

「平ちゃん、ありがとう。もういいぜ」

そう声をかけると、平八郎はホッとしたように右近を振り返った。

右近は平八郎と入れ替わった。

右近は浪人集団をギンと睨みつけた。

人数は十人。すぐにそれと知れる貧相な四人組は、後ろに固まってギラギラとした視線だけを投げていた。

新たに雇われた六人は相当に遣《つか》うようだ。四人組を庇《かば》うように前面に押し出している。面構《つらがま》えからして四人組とは違っていた。

陽のあるうちの襲撃は、腕に覚えのこの六人の加入が大きくモノを言ったようだ。

「お主が、鑑定師右近か」

首領格の男が野太い声を上げた。

どうやら、嶋右近という名ではなく、鑑定師右近と知らされているようだ。

「そうだ」

「われらが何ゆえにここに参ったか、分かっておるだろうな」

「こいつが」

と、左手の左文字をかざし、

「欲しいんだろ」

そう笑った。

「分かっておるではないか……では、素直に渡してもらおう」

首領格の男は図々しく左手を差し出した。

右近は、左文字の鞘でピシリとはたき、

「ふざけるんじゃねえ。そう簡単には渡せねぇんだよ」

響く声で啖呵《たんか》を切った。

腕に覚えの自分がいとも簡単にはたかれたことに、首領格の男は衝撃を覚えたようだ。

「な……なにぃ」

打たれた左手を庇いつつ、動揺を隠すように首領格の男は喚《わめ》いた。

「この左文字を不当に手に入れるために、そいつら四人は老いた浪人と無腰の町衆を、寄ってたかってなますにしやがった」

初めて聞いたらしく、六人の浪人たちに狼狽《ろうばい》がはしった。

四人組はその六人の後ろに隠れるようにして、憎悪の眼だけをのぞかせていた。

「老人と無腰の町人を、四人がかりでだぜ……抵抗もできない町人には責めを加えて、責め殺してしまった……たとえどういう理由があろうとも、人として許されるこっちゃねえ」

右近の気迫と、残虐《ざんぎゃく》な事実に、浪人たちの顔色が蒼《あお》ざめてゆく。

「あんたらに言っておく……どうせ金で雇われたんだろうが、この左文字を受け取るだけと、この仕事を嘗《な》めていたら、大変なことになるぜ」

首領格の男はジッと右近をみつめ、

「どう、大変になるね」

と、余裕を見せた。

「おれのことを知っているか」

「刀にちょいと詳しい、鑑定師だそうだな」

「聞いているのは、それだけか」

「腕も立つ、とか」

「自分で言うのもなんだが、かなりのものだぜ」

「そうか」

「そうさ」

右近は左文字をかざし、

「こいつを頂くというのは、命懸けの仕事だぜ」

と、笑った。

「その覚悟があって来たのか」

「………」

「幾らで雇われたか知らないが、割りに合わないと思うぜ」

首領格の男もニタリと笑い返した。

「おれの前で、そこまで大口を叩けたのは、お前が初めてだ」

首領格の男の戦意が高まったようだ。

「やるんだな」

「引きはしない」

「ならば、おれを倒せ」

右近は脇でみつめていた平八郎に左文字を渡し、

「おれを倒したら、この北町奉行所定廻り同心の奥平八郎から、左文字を受け取りな」

言い終わるや、浪人たちを振り向く。

思案顔になっているのが何人かいた。いい傾向だ。

「その四人」

後ろに隠れるようにしている連中をねめつけ、

「手前らは絶対に許さん。新たに雇われた方々は、事情を知らなかったようだし、いつ退散して貰っても結構だ……だが、そこの四人は許さぬ。左文字が欲しければおれを倒せ。卑怯にも逃げたりしてみろ、地獄の底まで追い詰めてやるぜ」

　だが、浪人たちは数を頼んでいた。事実、普通の腕の男を倒すのでも、十人となると容易ではない。奇跡を祈るに等しい。圧倒的に彼らに有利であった。そしてまた、彼らは右近の腕を知らなかった。だから、余裕があった。

　なにより、その日の日当が欲しいはずだ。今日の手当ては少なく見積もっても、一人頭二両や三両は出るはずだ。その金は喉から手が出るほどに欲しいだろう。彼らの薄汚れた衣服を見れば、それがよく分かった。

「黒岩《くろいわ》さん、まずおれがやろう」

　腕に覚えの一人が前に出た。

「おい、命を無駄にするな」

　右近は本気でそう言った。だが、相手は屈辱と取った。

「ほざけ」

「どうしてもやるのか」

「ああ、やる」

　スラリと抜いて、下段に構えた。

　右近は刀の柄に手をやりつつ、その男に肉薄した。

「とうー」

男は鋭い刃風を見せ、斬り上げてきた。

右近、鼻先をかするほどの際どさで見切った。刃先が顔をかすめた瞬間、ズイと大きく踏み込み、神速《しんそく》の抜き打ち。

「あっ！」

と、その場が凍った。

胴から胸にかけて、鮮血を噴き出させながら、男は路上に転げ落ちた。

落ちた瞬間には、右近の刀はパチリと鞘に戻っていた。

「もったいないぞ……命は粗末にするんじゃない」

右近の悲痛な声が響く。

「恨みつらみのない相手を斬るのは、趣味じゃないいんだ。引いてくれると助かるんだがな」

右近の哀願調の言葉とは裏腹に、浪人たちは凍りついている。

だが、その場の流れ、勢いというものがあった。

新手の二人が同時に抜刀し、左右に分かれて構えようとした。

だが、一瞬であろうとも、構え合う〝間〟があると見たは、経験の浅さか。あるいは道場剣法の弊害《へいがい》か。二人が構える前に、右近は右手の男に肉薄した。相手が押されて構えを上段に移そうとした瞬間、神速の抜き打ちを放つ。

剛剣右近正宗は脇腹から胸までを断ち斬り、虚空へと抜ける。

抜けた勢いのまま上段に構え、

「おのれ」

と、斬って出た左手の男の刀へ、右近正宗を叩きつけた。

バキン——という音が響いて、男の刀が真っ二つになり、刃先が飛んだ。

愕然《がくぜん》となっている男に、

「名のあるものか」

そう声をかける余裕の右近だ。そして右近正宗をかざして見せ、

「言っておくが、こいつは日の本の国にひとつあるかないかという剛刀だ。そこらの柔刀《なまくら》など何十本と叩き折るぜ」

びんびんとした音声を響かせた。

誰もが動けなかった。

十人もの男たちを相手に一歩も退かず、瞬時にして二人の男を斬って倒し、一人は家重代の家宝ともいうべき丹波守《たんばのかみ》吉道《よしみち》を真っ二つにされて茫然自失となっていた。

この場において頼みとなるは、新たに雇い入れた六人であろう。そのうちの三人までが倒されるか、戦闘不能に陥《おちい》っていた。頼みの綱が半減しているのだ。動けるものではなか

った。

右近の腕は、卓越《たくえつ》していた。そしてその腕に光るのは見たこともない剛剣である。身幅も平肉も重ねも通常の倍はあるであろう。その剛剣が眼前で名のある刀を叩き折ったのを見たばかりだ。なにより、その剛剣を、釣竿《つりざお》のように軽々と操る膂力《りょりょく》の凄まじさに、圧倒されていた。

後ろの四人は、眼を丸くさせ、身体を硬直させて立っていた。

自分たちの身に恐るべきことが起きようとしていることを、ようやくに実感したようだ。

新たに加わった者たちで、生き残っている四人から、急速に戦意が消え去ってゆく。

「黒岩さん、こいつは化け物だ」

「の、ようだな」

「今日のお手当てでは、化け物退治はできない。わたしは退《ひ》かせてもらう」

さすが、浪人特有の処世術だ。

「黒岩さん、話が何もかも違いすぎる。わたしも同様、退かせてもらう」

もう一人もまたそれに続き、二人はともに不忍池《しのばずのいけ》の端へと退いた。

退くが、ことの結末は見届ける——ということか。

「お二人さん、賢明な判断だ」

右近は二人にニッと笑って見せた。

「それより、お主……名を聞かせてくれ」

やはり、鑑定師右近だけでは、納得がいかないようだ。

「おれかい……おれは、嶋右近だ」

小さなさざ波のようなものが浪人たちに走った。

「嶋右近……そうか、お主か……心形刀流《しんぎようとうりゆう》の山本道場を潰したのは」

剣を叩き折られ、茫然としていた男が妙にかん高い声を出した。

「おお、そういうこともあったな」

「それを知っておれば、ここには来なかったものを……家宝の丹波守を失ってしまった」

その男もまた不忍池の端へと身を退いた。

次の瞬間、黒岩と呼ばれる首領格の男の肩から力が抜けた。

「なるほど……あれはお主か」

「だったら、どうなんだ」

「聞いている。品川の浜では、抜く手も見せず、師範代《しはんだい》ともども山本を斬って倒したそうだな」

「さて、どうだったかな」

「いや、山本を倒した相手に、おれが勝てるわけがない」

「そうなのか」

「ああ。山本に対して、わしは三本に一本しか取れなかった」

「いつの話だ」

「二年前だ」

「腕は上がっているかも、だぜ」

「いやいや、よしておこう。命あってのなんとやらだ」

「ならば、退いてくれ」

「心得た」

黒岩もまた、不忍池とは逆の道端へと退いた。

「待て、待て。お主ら約束がちがう。あの者を倒す約束で、すでに前金を貰っているではないか」

黒岩はニヤリと笑い、

「これか、ほれ、このとおりだ」

切餅《きりもち》ひとつを四人組の前へと放り出した。

「そ……そんな」

「命があればだが、お主から返しておいてくれ」

と、鮮やかな裏切り御免を放った。

四人組は震え上がった。彼ら四人だったら、陽のあるうちの襲撃など考えもしなかっただろう。彼らがいたればこそ、この時刻にやってきたのだ。

「お、お、お主ら、汚い。卑怯《ひきょう》だ」

「今さらこれはないぞ。それでも侍か」

「約束したことは守れ」

「汚い。汚い。卑怯者め」

四人は交互に彼らを責め立てた。

「汚いも綺麗もない。お主たちは、嶋殿の名前も明かさず、たいしたことのない相手と申したではないか。たいしたことのない相手であれば、四人もいれば充分でござろう。存分にやっていただこうか」

黒岩はしゃあしゃあとそう言い放った。

「だけにあらず、老人や町人を卑怯にも殺したことを隠していた。それではこちらには戦うための大義も名分もない。卑怯なのは、おぬしらではないか」

倒れている二人の仲間に向かって手を合わせ、

「最初から山本道場を潰した相手だと分かっていれば、そのようなはした金で命を散らすこともなかったろうに……」

黒岩はそう念じた。

「黒岩さん、その金は貰っておきな……その二人の弔《とむら》いでもしてやってくれ……あんたらは、充分に働いたよ」

右近がそう言うと、黒岩はニヤリと笑い、

「それもそうか……第一、こいつらは雇い主に返すことは出来ぬだろうからな」

放り出した切餅を再び懐に収め、身を退いた。

右近は四人組の前にズイと迫った。

「斬る前に聞いておく……誰に雇われた」

「………」

「吐けば、死なずに済む」

「き、斬らぬ、と言うのか」

「死ぬ、ことはない」

四人の顔に動揺が現れ、互いを見合った。

命の綱をサッと握ったのは、右端の男だった。男は一気に叫ぶように言った。

「日本橋近くの両替屋、五菱閣《ごりょうかく》の主人、次郎兵衛《じろべえ》」

最近、急激にのしてきた、いい噂をあまり聞かない両替屋だ。

「両替屋がなぜ左文字を欲しがる」

「貢物《みつぎもの》とか」

「なるほど、そういうことか」

右近、剛刀を下段に構え、大音声を発した。

「さあ、四人一緒にかかって来い。勝てる見込みは大いにあるぜ」

右端の男が驚愕《きょうがく》の声を上げた。

「ま、待て、待て、雇い主を教えれば斬らぬと約束したではないか」

不敵に笑う右近だ。

「そんなこと言ったか。おれが言ったのは、死ぬことはない、そう言ったのだ」

「そのとおりだ」

奥平八郎が右近の言葉を支持すると、高見の見物の浪人たちもそれに和した。

「き……き……汚い」

右端の男は絶望にひしがれた声を放つ。

「年老いた者を四人がかりで斬るのは、美しいのか」

「………」

「刃物も持たぬ町人を、四人で斬り刻み、責めにかけるのはどうだ」

「………」

「まあよい。雇い主を教えたお主は、生きて帰れる。他の三人は菊池老人と金兵衛の敵《かたき》だ
……薄汚い手前らは、どんなことがあろうと、生きては帰さん」

凛《りん》として響き渡る右近の声に、四人組の顔は紙のように白くなった。

「さあ、金兵衛のように、菊池老人のように、おれをなますにしてみやがれ」

四人は一斉に抜刀した。

抜く以外に道はなかった。周囲を、腕自慢の浪人たちや平八郎の手下の御用聞きたちに囲まれていた。逃げようとしても、彼らがそれを許さないだろう。

「こういうことになるのだったら……」

「おれは、だから、嫌だと言ったのだ」

四人は右近を倒すことへと向かわず、仲間内で揉め始めていた。

「お前ら、見苦しいぞ。四人でかかれば、勝ち目はある。人生最後の戦いくらい、絵にしてみるんだな」

右近は半ば本気で励ましていた。

右近の助言に納得がいったのか、四人は右近を取り囲んだ。

だが、戦いを前にして、あまりに気の放射が弱い。いや、それ以前に人として生きる迫力というものを感じないのだ。

こういう手合いにかぎって、弱者に向かって残酷なことを平気でやるものなのだ——。

「これは、いい修行になる」

そう右近は思った。

前々から、四人同時に四方向からかかられたら——どう防ぎ、どう戦うのか、という非常事態への対応を、おのれに対する課題として持っていた。

あれこれ想像のなかではやってみたし、それなりの結果を得ていた。だが、それが実際に通用するものなのか、試してみるつもりだった。

殺《や》られる——という恐怖はまったく感じなかった。

というより、この程度の四人に倒されるようでは、右近の腕もたいしたことはない、ということになる。

四本の刀が右近に向けられ、狭まってきた。

そのなかの二本の剣先が震えていた。

剣の動きを悟らせぬために、常に剣先を小刻みに動かす者もいる。あるいは剣先が死んでしまわぬように、常に揺れ動かして次の攻撃に備える者もいる。

だが、二本の剣先は、それらとはまったく違った。

恐怖のために、ただ震えているのだ。

(──来い！)

右近は鋭い気を放った。

鍛え上げた者の気は、相手を圧するだけでなく、相手を呼び込む力も有している。

四人はつられたように、一斉に動いた。

ただ、その動きは鋭さを欠いていた。

右近は、飛燕《ひえん》となった──。

右へ廻り、左へ廻った──ように、見えた。

右近が動きを停止させたとき、正面の男の首が飛んだ。

その鮮血が尾を引いているうちに、左横の男が胴を真っ二つにさせて路上に転げた。それを追うように、後方の男が上半身を斜めに切断されてずり落ちた。不思議なことに下半身はそのまま立っていた。

わずかな間の後に、右横の男の腕が、宙高く飛んだ。

周囲で見ていた者たちは、まさに凍りついた。

剣はそれ、神速――。

というが、そのことを鮮やかに眼前で具現化されてみると、言葉を失うのみだ。

それはまさに、舞い、であった。

右近と剣は一体となり、鮮やかに、鋭く、流星のように舞い、斬ったのだ。

そして言葉どおり、雇い主を告げた男は、命を失うことはなかった。命の代わりに右腕を付け根から失い、これより後の人生において人を斬り刻むことのできない身体となっていた。

その男が放つ絶望の悲鳴が、不忍池の面を伝ってゆく。

「お、お、お、お見事」

と、黒岩という男が声を上げげた。

「刀を交えずに、助かった」

と、もう一人が引き攣《ひ》った笑いを浮かべた。

右近は懐紙で右近正宗に拭《ぬぐ》いをかけながら、

「平ちゃん、見たか」

金縛りにあったようになっている平八郎に声をかけた。

「あ、ああ、見ていた」

「どう斬ったか、分かったかい」

「いや、あまりに速くて、分からなかった」

「そうか……おれも自分でどう斬ったか分からないのだ」

右近は軽く笑った。

「それにしても右近先生よ……凄い……凄すぎるぜ」

「なあに、相手が弱いのさ」

「馬鹿いうねえ、弱かろうが強かろうが、あれはそんなものを超えた凄さだぜ」

「それより、明日の午《ひる》までに、日本橋の五菱閣という両替屋を、みっちりと調べてくれ」

「おうとも……乗り込むのか」

「そいつが左文字を欲しがっているんだ……というより、そいつが菊池老人と金兵衛を殺させたのだ。仇討ちはまだ終わっちゃいねえ」

「五菱閣の主人も殺るというのか」

「いや、万両で手を打つ」

「おれはそういうのは、苦手だぜ」

「その道の達人を連れていくよ」

右近の頭の中に、茶坊主崩れのワル、大河内宗達《おおこうちそうたつ》の姿が浮かんだ。

「あいつを連れていくのか……それはいい」

平八郎の思いも同じだったらしく、そう言ってニヤリと笑った。


右手を飛ばされた男の手当てを、手慣れたように黒岩たちがやっていた。

「今日、ここで起きたことは喧嘩です」

と、平八郎が断じた。

そうして遺体の処理を次のように決定した。

浪人仲間の二体は浪人たちが、四人組の三体は町方の手で、腕をなくした者も同道し、日本橋の五菱閣へと送り届ける——と、いうものだ。

遺体を送りつけておいて、五菱閣の主人が、

「どんな面をするか、見てみたい」

というのだ。

すでに今日から、五菱閣の調べを始めようとする平八郎の意気込みだった。

「そいつはいい」

右近も賛同し、そのとおりに決定した。

慌《あわただ》しく人が動き、戸板などが運ばれてきた。

右近は立ち働いている御用聞きたちに、

「後をよろしく」

と、頭を下げると、その場を後にした。

御用聞きたちの態度は、まるで従順な家来にでもなったかのようであった。

少し行くと、前方の柳の木の陰に、志乃が立っていた。

「やあ……来ていたのですか」

右近が寄って行くと、志乃の手が震えていた。

「初めて……見ました」

志乃はそうつぶやくと、右近をヒタとみつめた。

「人が死ぬところを、ですか」

「いいえ、右近様が刀を振るうところを」

「いやなところを、見られてしまいましたな」

「まるで、別人のよう」

「ああしたときは、まともではありませんからね。狂いたってる」

「人づてに聞いたことは、みんな本当のことでしたのね」

「志乃さんのところには、おれの悪口が集まっていたんだな」

「悪口ではありません」

「悪口ではない」

「はい……みんなが、もの凄いよ、と……剣をもった右近は別人だ、と……江戸でも数本の指に入ると」

「それは大袈裟《おおげさ》だな」

「いいえ、大袈裟ではありません……この眼で確かめました……噂は本当でした……けれど、正確ではありません」

「いやあ、正確に言うと、ボロボロでしょうか」

「いいえ。剣には人格が、品格と申しましょうか、そういうものが出ると思います」

「………」

「右近様のは、聖なるものが、と、申しましょうか……あれほど美しい剣をわたしは見たことがありません」

「ほー、美しいかい」

「命を失う者への哀切のようなものがあり、それでいて断乎《だんこ》たる強さ、速さがあり、まるで達人の舞いを見ているようでした」

今まで志乃が、右近のことを、ここまで称賛したことがあったろうか。

「それでわたくし、右近様が申される、甲斐性のなさというものが、うすぼんやりとですが、見えて参りました……それはおそらく、いつ命を失うか分からぬ世界に身を置いている、という男の哀しさでしょうか……そういうものを感じてしまいました」

右近は黙ってしまった。

そこまで、おのれの剣をみつめたことがなかった。

「残される者の悲しみを思えば、右近様の申される甲斐性のなさという言葉が胸に迫ります」

そのときの志乃は、美しさだけではなく、どこか神々《こうごう》しいものさえ感じさせた。

おそらく、凄まじい斬り合いを間近に見たことにより、志乃には厳しい男の世界の何かが見えてきたのかもしれなかった。

陽がついに落ち、闇がそれに取って代わろうとしていた。

「それより、残念だった」

「えっ、なにが……」

「志乃さんを、奪えなかったことさ」

一瞬、きょとんとしていたが、次の瞬間、志乃の顔は真っ赤になった。

「わたしは用がありますので、これで失礼……気をつけてお帰りなさい」

右近は颯《さつ》と踵《きびす》を返した。

丁度そこに平八郎の手下の車坂下の辰が通りかかった。

「おい、辰。志乃さんを屋敷まで送ってやってくれ」

そう命じられた辰は、

「へい」

と、嬉しそうに答えた。

薄闇が迫る池ノ端に、志乃の美しい立ち姿が見送ってくれていた。

達人芸

一

もうすぐ午《ひる》というときに、ガタピシと戸を開けて入ってきたのは、北町奉行所定廻り同心の奥平八郎だった。

「おう、平ちゃん、どうだ」

「どうだもくそも、あの両替屋五菱閣の主人、次郎兵衛はただの両替屋じゃねえ。あいつは臭い。プンプンと匂うぜ」

「そんなに臭いか」

「会えば分かるさ。肥溜《こえだ》めみたいに匂いやがる」

「例の四人は引き取ったか」

「いや、知らぬ存ぜぬを通しやがった」

「で？」

「片腕をなくした野郎は泣きながら何処かへと消えた。遺体は店の前に放り出し、こいつらはお前さんの名を出したんだ、なんとかして貰おうか、と言い残して帰った」

「すると」

「夜も更けて、歴とした何処かの侍に率《ひき》いられた男たちが十人ばかりやって来て、戸板に乗せた死体を運んで行ったそうだ」

「どこへね」

「通りを真っ直ぐに江戸橋広小路に抜け、江戸橋を渡り、本船町へ、すぐそこの荒布橋《あらぬのばし》を渡って小網町へ、そこから堀江町に、そこから銀座を通ったところまで尾《つ》けたが、黒覆面の男たちに行く手をさえぎられた。そこで大回りして行く手に出たが、忽然《こつぜん》と消えたらしい。四方を走り回ったが、煙のように消えてしまったそうだ」

「なるほど」

「その間、五菱閣の人間は一人として姿を見せなかったそうだ。店はピタリと閉じられたままだった」

「ふーん、裏の世界ともつながりがある、ということか」

「心豊かなのか、つきあいは広い、ということよ」

右近が茶をいれるのを待って、一口すすり、

「どうでえ、臭《くせ》えだろう……探りを入れたくもなるというものさ」

と、平八郎は笑った。

「で、分かったのは……前の松前奉行、二千五百石の大身旗本、斎藤若狭守が江戸に戻ったとき、五菱閣もまた同道して江戸へとやってきた」

「ほーう」

「松前ではその斎藤と組んで、かなりのことをやったようだ」

「抜け荷（密貿易）か」

「分からない……江戸に来るとき、大名行列さながら、大きな荷駄で十五もあったらしいから、相当なものだろうぜ」

「まさか、斎藤若狭の家来がその荷駄の護衛をやった、というんじゃないだろうな」

「そのまさかだよ。雇った浪人を入れると、十五人ばかりで護衛してきたというから、よほどの荷だったのだろうよ」

「そして前の松前奉行の斎藤若狭の肝いりで、日本橋近くの一等地に両替商の看板を出した」

「それが四年前だ」

「なるほどね」

「表ではたいしたことはないが、裏では評判の悪い高利貸たちが出入りし、黒い噂が後を断たねえ」

「江戸の高利貸たちの総元締、というわけか」

「そんなところだ。それでな、調べてみたら、あいつが江戸に来てから、年々潰れる店が増え、首を括《くく》る商人たちが増えている」

「深いところで、なにかもっと、ありそうだな」

「もっと探ってみるが、叩けば埃《ほこり》が噴き出す口だろうぜ」

車坂下の辰が顔を見せて、

「旦那、そろそろ」

と、声をかけた。

平八郎は軽やかに、立ちあがり、

「ま、ざっとそんなところだ」

そう言い残して出て行った。

平八郎と入れ替わるように、茶坊主あがりのワルで、大名か大商人に因縁をつけて大金をふんだくる、大河内宗達が顔を見せ、

「兄貴、よろしければ参りましょうか」

凄みのある顔を崩して見せた。

「だからさ、歳上のお前に兄貴呼ばわりされるのは、あまり気持ちのいいものではないよ」

「そいつはしょうがない。こういうのは歳ではなく、人間の格というやつが上下を決めてしまうんだな」

右近の抗議など笑って流してしまう。

「そういうことでございますよ」

と、宗達の後ろから顔を覗かせたのは、大名屋敷を専《もっぱ》らとしている泥棒の稲葉小僧だ。

右近が命を救ってからというもの、稀代《きたい》のワルと名人級の泥棒は二人揃って右近を兄として慕《した》うようになった。

兄貴兄貴と慕われるのはいいが、相手がワルと泥棒では喜んでもいられない。今の右近にとって、お美代と志乃との関係に次いで、頭の痛い問題だった。

だが、このワルと泥棒は、困ったときには非常に頼りになる存在だった。だからこうして来てもらったのだ。

「こっちはいつでもいいぜ」

「じゃあ、参りましょう」

右近は立ちあがった。
もちろん目指すは——日本橋の両替屋五菱閣だ。

二

日本橋が近づくにつれ、構えの大きな大店がふえ、人通りも多くなった。

「今日は何でいくね。大工の半次でいいのかい」

世を忍ぶ仮の姿として、稲葉小僧は大工の半次と名乗ることが多かった。だから、稲葉小僧というより、半次の方がとおりがよい。というより、稲葉小僧というのは、人が（主に町方が）勝手につけてそう呼んでいるのであって、

「おいらは、稲葉小僧だぜ」

とは、半次は一言も言ったことがない。そういう二つ名で呼ばれることの自負はあるだろうが——。

「もう、ただの半次で通しますよ」

「そうか……小僧はやめるのか」

「そうして欲しいんでしょう」

「おれはな」

「兄貴に言われちゃ仕方がない」

「そうか」

「はい」

泥棒稼業から足を洗う——と、言うのだ。

「半次、今日はあんまりいい日じゃねえと思っていたが、お前がその気になってくれたなら、こりゃ嬉しい日だぜ」

「そうですか……それはようござんした」

と、半次は複雑な顔となった。

道すがら、右近から五菱閣と斎藤若狭の関係を聞いて以来、腕を組んで黙ってしまった宗達が、いきなり、

「あっしの地獄耳が聞きかじったところによれば、斎藤若狭は町奉行職に就《つ》かんものと、派手に金をばら撒いているというぜ、兄貴」

ニタリと笑った。

「斎藤若狭が江戸の町奉行になったら、五菱閣はさらにあくどい儲けを独占できるだろうな」

「松前でやったことを、今度は江戸で、もっとでかく、というこってしょうかね」

「松前とちがい、この江戸に住み暮らす者は百万という。儲けは比べ物にならないくらい、でかい」

「欲の塊のような化け物が二人、松前で出会い、巨万の富を作り、江戸にやってきた」

「欲というものは、しぼまずに、膨《ふく》らむものだ。二人が何か企《たく》んでいることは確かだな」

「だからね、兄貴……こいつは万両では済まない」

と、またニヤリ。

「そう思うか」

「うん、十万両はいける口ですぜ」

脅して金を巻き上げることにかけては、他に類を見ないほどの達人が言うことである。

「十万か」

「それくらい吹っかけた方が、兄貴が狙っていることにも合いましょうよ」

「うん、それはそうだが……十万吹っかければ、十万を出したつもりで、凄いのを集めてくるだろう……十万出せば、江戸の凄腕を全部雇える……百人だって雇える。そっちはおれにのしかかってくるんだ、ほどほどがいいぜ」

「なあに、十万と言えば、万両に減るのが相場。最初っから弱気じゃ、恐喝《ゆす》れませんぜ」

達人には達人ならではの、やり方というものがあるのだ。

昨夜、大河内宗達を訪ねた右近は、一連の出来事を話し、明日同道して脅《おど》し上げるのを手伝ってくれるように頼んだのだ。

もちろん宗達は快諾《かいだく》し、

「その五菱閣の話は、こっちの耳にも入ってますんで、ちょいとこっちでも当たってみましょう」

ということで、別れたのだ。

その場に、稲葉小僧がいて、

「面白そうだ。おいらも一枚、加えてくださいよ」

と、身を乗り出したのだ。

よし、来い——と、なった今日だが、

「細かい金は貸さない。あくどい高利貸にのみ融通し、高利貸から莫大な利を稼いでおりますので」

「その高利貸どもが、江戸の町に甘い罠を仕掛け、汗水たらして稼いだものを搾《しぼ》り取り、それらのあがりを五菱閣がまた搾る」

「そういうことです。五菱閣が借金のカタに奪った店は、大きいところだけでも、二十にも上りましょうか」

「首括りが増えているって」

「ええ、去年だけで、十八家族三十八人。一人身は十三人」

「五十人を超えているのか」

「らしいというのを集めただけでそうなんで……実数はさらに増えましょうよ」

さすがに、ワルの噂話の収集能力は高いものがある。

日本橋が見えてきた。

日本橋に近いといっても、五菱閣は道を一本裏に入った平松町の角地にあった。

そう大きい間口ではない。暖簾《のれん》も出ているし、小僧もいるが、普通の両替商のように繁《はん》
雑《ざつ》な様子はなく、どこかひっそりとしていた。

「表口は静かだが、裏口は繁盛しているのだろうな」

「まさに、絵にかいたような稼ぎっぷりで」

右近はうなずき、

「とにかく、始めよう」

宗達の肩を叩いて、達人芝居の幕開けを告げた。

「ごめんよ」

宗達は暖簾を潜る。右近と半次がそれに続く。

構えの割には、客はいず、使用人もまた極端に少ない。手代風の男と二人の小僧がいるだけだ。

「いらっしゃいませ」

受ける手代をジロリと宗達は睨《にら》みつける。

「主人の次郎兵衛はいるかい」

「初めてお見かけするように思いますが、どちら様でございましょう」

「おお、初めてだとも……茶坊主崩れの天下の荒事師《あばれや》、大河内宗達が来たと、次郎兵衛に取り次いでくれ」

手代は顔色を変えながらも、踏ん張った。

「して、御用の向きは」

「なあーに、池ノ端のおれの兄貴分」

そこで言葉を切り、フッと宗達は下がり、右近が前に出る。

「鑑定師右近が左文字の名刀を持参したと、次郎兵衛にそう伝えろ」

手代はさらに顔色を変えながら、走るように奥へと去った。

「しばらくお待ちください」

などという、言葉もなしにだ。

「おい、なかなかに親切な、行き届いた店じゃないか」

そう右近が言うと、宗達と半次は爆笑した。

小僧たちが笑い声に押されるように、店の端に固まっていた。

しばらくして、先ほどの手代が戻ってくると、

「これは、これは、お待たせいたしました……どうぞ、ささ、どうぞ、お通りくださいませ」

馬鹿丁寧な態度に変わり、奥へと案内した。

奥まった客間に、四つの絹の座布団が敷かれていた。

遠慮せずに通り、下座に右近が坐り、その右となりに宗達が、左となりに半次が坐った。

そのまま、しばらく待たされた。

しばらくして、年増の女中がお茶を置いて去り、そしてまた待たされた。

「慌ててやがる」

「四方に人を飛ばしているだろうぜ」

いい加減にしろ――と、言いたくなったとき、

「お待たせいたしました」

という声がして、役者のような色男といってよい、四十代に入ったばかりの男が入ってきた。

いい着物を着て、髪もきっちりと結い、実に様子のいい男だった。

「これはこれは、よくいらして下さいました。わたしが五菱閣をやっております、次郎兵衛でございます」

深く頭を下げると、スッと腰を下ろした。

なにか修行したのか、物腰が町人のものではなかった。

「おう、噂は聞いているぜ。蔵がいくらあっても足りねえくらい、稼いでいるそうな」

宗達がやんわりと、そう切り出した。

「滅相《めっそう》もございません。どこの誰が流すのでしょうか、いい噂というものがあんまりございませんで」

「いやいや、おれの友だちに、ろくなのがいないのがいけないのだろうよ……おれが、大河内宗達だ」

「はいはい、これはもう、お名前はよおく伺っております」

「そうかい、そいつは光栄だね。一度、挨拶に来なければとは思っていたんだが、野暮用が多くってな、ついに今日という日まで来ることができなかったわさ」

「とんでもございません。宗達様直々《じきじき》のお出まし、ありがとう存じます」

そこで、沈黙が流れた。

双方で様子見の沈黙である。

破ったのは、次郎兵衛であった。

「それで……本日の用向きと申しますは……」

それを受けて右近、刀を抜くようにスラリと、

「わたしが池ノ端の鑑定師右近だ」

そう、切り出す。

一瞬、次郎兵衛の眼が凝った。

そうと悟られぬように、すぐに柔和《にゅうわ》な商売顔になり、

「お初にお眼にかかります。わたしが五菱閣の次郎兵衛でございます」

と、頭を下げても、上眼づかいの視線を右近から外さない。

「昨日は大層な歓迎をありがとうよ」

「はて、何のことでしょう」

「とぼけて貰っては困る。昨日は十人もの、面白い連中を差し向けてくれて、ありがとうよ」

「……」

「お前さんの暖かいもてなしに痛く感動し、こちらも熱くもてなし返したが、三人ばかりが飲みすぎて倒れてしまった。戸板に乗せて送ったが、受け取ってくれたかい」

右近、堂々の脅しに入った。

次郎兵衛、返事もならず、黙ったままだ。

「お前さん、左文字が欲しいんだってな」

「か……刀は好きでございます」

「お前さんがただで手に入れようとしていた、左文字だが……あるよ、おれん家に」

「……」

「話によっては、ただで差し上げても良かったのだが、ああいうもてなしを受けた後だ……ただでは無理だな」

次郎兵衛、ジッと右近をみつめ、

「左文字を、お譲《ゆず》り頂けますので」

と、かすれた声で探りを入れてきた。

「ああ、譲ろうよ」

意表を尽くように、ポンと明るく出た。

「いくらばかりで、お譲り頂けるので」

さらにグッと探りを入れてくる次郎兵衛だ。

「まず、十万両」

右近のその一言に、その場がコツンと凍った。

次郎兵衛の顔がみるみる蒼白になってゆく。

「次郎兵衛どん、十万両じゃ、安すぎるかい」

「いいえ、とてもとても、十万両など……」

「そうかい、おれはそれでも安すぎると思うぜ」

「それは……どういうことでしょうか」

「左文字をただで手に入れるために、菊池武年という老人と、金兵衛という気のいい男が殺された」

「………」

「殺《や》らせたのは、お前だ」

「………」

「二人はおれの大事な友人でな……菊池さんには幼い四つの孫娘がいて、この世にたった一人取り残された……金兵衛にもまた、取り残されて泣いている人がいる……人を殺すってえのはな、その人一人が消えるだけでなく、悲しみを周辺に撒き散らすものなんだ……

左文字と引き換えに、十万両は安いもんだと、おれは思うぜ」

「……」

「それとも、このおれに、菊池さんと金兵衛の仇討ちをやれというのなら、喜んでやらせて貰うが、それでいいのかい」

「……」

蒼白な顔をさらに蒼白にさせてゆく次郎兵衛だ。

宗達を見ると、ニヤニヤと笑っている。その眼が、

「なかなかどうして、達者なもんだ」

とでも、言っているかのようだ。

「次郎兵衛さんよ、十万両は高いかい」

「はあ、とてもとても、十万両など、生涯拝むことのできない金額でございます」

「次郎兵衛さんよ、じゃあ、いくらなら出すね」

「さ……さあ」

「よし、分かった……これならどうだ……左文字抜きで万両、というのは」

「左文字なしで、万両と申しますと」

「聞いてのとおりだ。左文字はなしで、万両を出して貰おう。ま、二人の命の代価だと思って頂こうか」

そのとき、急激に人の気配が、三方の隣室に満ちた。

次郎兵衛が待ちに待った男たちが、到着したのだ。

みるみる次郎兵衛の顔に、生気が甦《よみがえ》ってくる。

「はてさて、何故にわたしがあなたたちに、万両を支払わなければならぬのか、得心がいくように説明願いましょうか」

ガラリと、次郎兵衛の口調が変わった。

おそらく到着したばかりの者たちに、この場の状況を知らせてやる腹積もりなのにちがいない。

チラと宗達と視線を交わし、頷きあう。相手のそれに乗ってやろう、というのだ。

「お前は左文字の名刀を、ただで手に入れるため、菊池という老人と金兵衛という刀屋の二人を殺害させた」

ポンと、右近の後を宗達が受けた。

「だが、残念ながらその名刀は、この鑑定師右近の手に渡っていた」

「お前は十人という浪人を使い、左文字を奪おうと謀《はか》ったが失敗し、五人が命をなくし、一人が右腕をなくした」

「よくよくついていないお前さんだ。殺された菊池老人も刀屋の金兵衛も、この凄腕の右近さんの大事な友だちだったときている」

「話によっては左文字を譲ってもいいが、このおれまでも殺して、ただで左文字を奪おうとしたとあっては、そうもいかない」

「さあ、そこでだ……本来ならば友人二人の仇討ちとばかりに、その首を素っ飛ばすところだが、この右近さんは心が広い」

「左文字を譲ってやろうよ、ただし、十万両でな」

「それとも」

「左文字抜きで、万両を出すか。二人の命の値段としては安いものだが、そこで手を打とう、というのよ」

「さあさあ、どっちにするね。左文字つきで十万か、左文字抜きで万両か、さあ、どっちだ」

右近と宗達、二人の絶妙な掛け合いは終わった。

とたん、次郎兵衛は顔を歪めると、

「お聞きくださいましたか……このように、五菱閣の次郎兵衛は脅され、恐喝られております」

大きな声でそう言うと、次郎兵衛はポンと手を叩き合わせた。

とたん――三方の襖が同時に、左右に大きく開いた。

三方ともに、屈強な侍たちで充満していた。

「そこまでだ、悪党ども。恐喝りは終わりだ」

首領格の侍が蛮声《ばんせい》を張り上げた。

「うるせえ！」

宗達、得意の張り声をドンと出す。

「悪党はどっちでえ。手前ら聞いていたんだろ。このこすっからい次郎兵衛の味方をすると、手前らも同類だと思って遠慮しねえぞ」

得意の大啖呵だ。

「黙れ、痴《し》れ者めが。成敗されたくなくば、おとなしく尻尾を巻け」

相手も負けてはいない。

そのとき、次郎兵衛が腰を浮かそうとした。

「動くな！」

ビーンと響く、右近の警告。

「動けば、斬る」

という再度の警告を無視し、サッと次郎兵衛が立ちあがろうとした。

瞬間——右近正宗が鞘走り、キラリと光った。

「あっ」

と、全員が凍った。

片膝立てた右近は、すぐに右近正宗を鞘に戻した。剛刀がパチリと戻るのと、次郎兵衛の髷がボトリと畳の上に落ちるのが同じだった。

驚愕《きょうがく》。そして戦慄《せんりつ》。さらに凍結。

「今度はその首を斬り飛ばすぜ」

右近、次郎兵衛を制しておいて、

「おれの抜き打ちがどの程度のものか、よく分かっただろう。斎藤若狭の御家来衆」

自分たちが何者であるかを知られていたことにざわめく男たちだ。

「下手に動いてみろ、飛ぶのは次郎兵衛の首だけじゃねえぞ」

スッと立ちあがった右近は、十五人はいるであろう斎藤若狭の家来衆を圧倒した。

宗達が右近の右手を抑え、半次は右近の真後ろに立つ。

「邪魔が入ったところで、今日のところは引き上げだ。次郎兵衛、よおく考えて返答しろよ。左文字抜きの万両がおれたちの好みだ。返答がこのザマだったら、今度は容赦しない。受けて立つ。受けて立つ以上、五菱閣は潰すし、お前の首は必ず落とす」

右近、鬼のような形相で、そう啖呵を切った。

「さて、次郎兵衛どんよ、玄関までお見送り頂こうか」

半次が素早く動いて、閉じられたままの廊下に通じる襖をズダンと開ける。

「お前らは動くな。動けば、次郎兵衛の首が飛ぶ」

右近は三方の部屋の男たちをねめまわした。

男たちは動けない。

次郎兵衛を先頭に立て、右近たちは廊下へと出た。

廊下には誰も配置されていなかった、わけではない。玄関に向かうのを阻止するかのように、一人の浪人が立っていた。

陽炎《かげろう》のように、その浪人はユラリと揺れた。

（——できる！）

その浪人が発する気は、尋常ではなかった。

退路である廊下を一人で任されるわけである。右近の肌にピリピリとしたものを伝えてくる。

「お前が鑑定師の嶋右近か」

浪人はひくい、かすれた声でそう聞いた。

「ああ、おれが嶋右近だ……お前さんは」

「心形刀流……赤川一剣《あかがわいっけん》」

おのれが修めた流派を名乗ることはよくあることだが、この場合、特別な意味があると思えた。

「心形刀流？」

「お前が潰した山本道場は、その昔、赤川道場と言った」

「じゃ、山本は」

「歳は同じだが、おれの一番弟子だ」

「なぜ道場を譲った。お前がやっていれば、潰れずに済んだぜ」

「人には事情がいろいろとあるのだ。その腕が千差万別であるようにな」

「なるほど……そこをどいて貰おうか……できれば、次郎兵衛の首を飛ばしたくない」

「飛ばしてみろよ。次にはお前の首が飛ぶ」

「飛ぶか」

「飛ばしてやるよ」

眼に見えぬ火花が散った。

次の瞬間——廊下に通じる襖がダンと開き、

「赤川殿、ここは次郎兵衛殿の命を守るべき」

侍たちの首領格の男が顔を出した。

顔を歪めた赤川は、黙って懐に手を入れると、身を翻《ひるがえ》して玄関へと去ってゆく。

おそらく外で待ちうけ、右近たちが次郎兵衛を放した瞬間を狙ってくるのに違いない。

右近たちもその後を追うように、玄関に出た。

ここで、いいのか——と言うように振り返る次郎兵衛に、

「そのまま行くんだよ」

と、笑ってやる。

「ど……どこまで」

「青物町を突っ切り、楓川《かえでがわ》に架かる海賊橋までだ……急げよ。急がぬと、首が落ちるぞ」

チラと見ると、予想したとおりに日本橋川を背にして、赤川が待ち受けていた。

ダッと動き始める一行に、愕然とする赤川だった。

青物町を突っ切ると、すぐに楓川にぶつかる。そこに架かる海賊橋で次郎兵衛の尻をポンと蹴り、

「色よい返事を待ってるぜ」

とばかりに、橋下で客待ちをしていた屋根舟に飛び乗り、

「まずは、大川に出してくれ」

そう声をかける。

「へい」

と、訳ありと知って、即座に漕《こ》ぎ出る屋根舟だ。

海賊橋を振り返ると、追ってきた斎藤若狭の家来衆がひしめき合ってこちらを睨みつけていた。

「宗達さんよ、今から五菱閣と斎藤若狭は敵になった。おれたちを消すために、あの赤川をはじめ、凄いのを揃えてこよう。戦いは熾烈《しれつ》になるぜ」

「なにせあちらは、金の成る木があるからな」

「そういうことだ。そこでおれたちは、行方知れずになる必要がある」

「どこがいいね」

フッと右近が水面を指差した。

亀が泳いでいた。

宗達と半次は、ニヤリと笑ってうなずいた。

大川を漕ぎ渡った川向こう、深川の船宿『亀久《かめひさ》』へ行こうというのだ。

「今度のこの始末がつくまで、そこがおれたちの根城《ねじろ》だ」

その屋根舟を新大橋のたもとに着けさせ、そこから本所に向かう荷舟に相乗りさせて貰い、堅川へと入って二ツ目橋で下ろしてもらう。

船頭に駄賃を渡している宗達を残して、右近は岸に駆け上がり、船宿の亀久に駆け込んだ。

「おや、右近さん」

船宿の主人、亀太郎が声をかけてくる。

「おう、亀さん、また厄介事だ。しばらくおれと宗達と半次を、預かってくれ」

「そいつは嬉しいね。そうなると、今夜はしばらくぶりの宴《うたげ》だね」

「そうなるかな」

どんな頼み事も、二つ返事の気持ちよさだ。

火付盗賊改メ《ひつけとうぞくあらため》の同心だった鶴岡亀太郎《つるおかかめたろう》は、賊を張っている間に、女賊あがりの密偵のお久《ひさ》と出来てしまい、その責任を取って火付盗賊改メを辞した。そしてお久を嫁にして、二人が懇ろ《ねんご》になった船宿を買い取って始めたのが、亀久だ。

そのとき、金がないと困惑する亀太郎に、

「どうせ侍を辞めるのだ。こいつを売ってしまいな」

と、右近は愛刀の南紀重国《なんきしげくに》を売ることを勧めた。

南紀重国という名刀匠は、元は駿河の国で徳川家康のために鍛刀していたが、紀州徳川家に従って和歌山に移住し、そこで名刀を鍛ちまくった。

重国の作柄は二つあって、大和伝と相州伝があり、亀太郎が持っていたのは相州伝のもので、まず名刀の名に恥じぬ作だ。

長寸で反りは浅く、身幅は広く、切っ先は延び、刃文は沸《に》え本位の焼き幅の広い大乱れで、荒沸えがよくついていて、非常な活気に満ちていた。

初代重国のものは長寸のために、磨上《みがきあ》げて無銘になった、いわゆる磨上無銘が多いのだが、亀太郎のものは『於南紀重国作之』と、銘があった。それは珍しいもので、そのことが重国の値を跳ね上げた。

その金で船宿を買い、そして二人の名を取って亀久として始めたのだ。

それだけに、右近の名を出せば、亀久では下へも置かぬ扱いとなるのだ。もちろん、右近は神様扱いである。

「あらあら、右近さん、しばらくでございます」

お久も顔を見せての歓迎が始まる。

「いや、またね、右近さんたちをお預かりするのだよ」

「まあ、賑《にぎ》やかになりますね」

と、屈託もない喜びようだ。

「おれはちょいと長屋に戻ってくるが、よろしく頼む」

右近の言葉を聞くや、亀太郎が若い衆に合図を送る。若い衆はスッと姿を消す。

入れ替わるように宗達がヌーッと現れ、

「よーお、またうるせえのが世話になるが、よろしく」

と、顔を崩した。

「心得ております。ささ、お二階の奥へ」

亀太郎は右近を通じて付き合いが広くなることが嬉しいようだ。

お久がサッと先に立った。宗達もその後ろに続いた。宗達の後ろに続いていた半次に、

「半次、おれと来てくれ」

と、右近は亀久を飛び出す。

「右近さん、どちらへ」

「引越しを手伝ってくれ」

「引越し？」

「おれん家には、名刀がゴロゴロしている」

「なあーる」

亀久の裏手の川岸に下りて行くと、すでに屋根舟が待機している。

「いつものとおり、神田川の昌平橋に。急ぎだぜ」

「合点」

右近と半次は障子戸の中へスッと消える。

屋根舟は川面を揺らして走り始める。

三

元大坂町の対面に銀座はあった。

江戸幕府直轄の銀貨の鋳造《ちゅうぞう》と発行を行うところで、かつては伏見《ふしみ》と駿府《すんぷ》にあったものだ。それを京都と江戸に移し、さらに大坂と長崎にも作った。だが、寛政時代に不正事件が起き、四座ともに廃止された。後に江戸にのみ復興されたものだ。

銀貨の刻印や包装は、大黒常是《おおぐろつねこれ》が世襲としている——などということはどうでもいいことだ。

「問題は」

と、北町奉行所定廻り同心の奥平八郎は口に出した。

「ここらで、例の死体を運んでいた者たちが、消えたことだ」

平八郎の周囲を七人の御用聞きが取り巻いている。

銀座から向こうは武家屋敷だらけだった。町屋は松島町が真ん中にポツンとあるだけだ。

「この中のどこかへ消えた……探ってこい」

六人の御用聞きが四方へと飛んだ。

一人残った神田明神下の甚五郎《じんごろう》が、

「旦那、ちょいとあっしに付き合っておくんなさい」

と、頭を下げた。

「おう、いいとも」

甚五郎は黙ってスタスタと先導してゆく。

銀座を越え、町屋の松島町を越え、小さな橋を渡り、入堀に囲まれた武家地へとやってくると、そこで立ち止まった。

すぐ向こうに大川の流れがあり、箱崎の埋立地や霊岸島にも近い場所だ。

「旦那からちょいと聞かされました、元松前奉行だった斎藤若狭守」

と、上眼づかいになった。

「斎藤若狭がどうしたね」

「この屋敷が、前の松前奉行、二千五百石、斎藤若狭守のものでございます」

と、甚五郎は白壁を指した。

「これがか」

「これが、で」

「お前のことだ……なにか聞き込んだんだろ」

「へい……とても二千五百石の暮らしではございません。家臣や家扶《かふ》だけでなく、かなりの数の浪人を出入りさせているようです」

「ほーう」

「両替商の五菱閣もときおり、出入りしているようです」

「そうか……そういうことか……消えたのは、ここだな」

「だと、思いやす」

「ここを張れる場所がどこかないか」

二人が周囲を見回したとき、いきなり門が開いた。

そうして、七人の浪人が殺気立った様子で出てくるや、大川に面した河岸に向かった。

思わず尾けた平八郎と甚五郎だが、七人は河岸につけた二つの舟に乗り込み始めた。

「急げ。刻を移さずに討つ」

「右近めは」

「これほど早くに襲来するとは、思うてもおるまいよ」

などという会話が、風に流れてきた。

平八郎と甚五郎は顔を見合わせ、

「こいつは……」

「旦那」

と、なった。

右近とは、嶋右近のことであろうし、襲来するとは右近の住まいを急襲するということに違いない。

「あっちが舟なら、こっちは駕籠《かご》だ」

そう言うと、ダッと二人は駆け出した。

近くの駕籠屋は銀座の近くにある駕籠政だ。そこなら早駕籠を仕立てられる。

四

川面が揺れ、二丁櫓《にちょうろ》の早舟は、大川を遡《のぼ》ってゆく。

対岸の小名木川《おなぎがわ》が後ろに消え、新大橋を潜り、やがて前方に両国橋が見えてくる。その手前の対岸には堅川が流れていた。

かつてその岸には、赤川道場があった。

赤川一剣の顔が歪んだ。

過去が、苦々しい過去が、鮮やかに甦ってくる。

一剣は――女に溺《おぼ》れ、道場を手放した。

それまでの赤川は、成功者と言って良かったし、顔付きも今のような竹を削《そ》いだようなものではなく、少しふっくらとしていた。厳しい剣の修行にも耐え、剣一筋といってよい人生は、心形刀流という流派を選んだことも幸いして、ついに道場を開くまでに上り詰めた。

だが、おきみという女に出会ったことが、一剣の人生を激変させた。

厳しい剣一筋の人生にも、フッとした瞬間、というものが訪れることがある。空しさという人もいようが、これでいいのかという懐疑のようなものが、常に人にはついて廻る。

そして訪れる、一瞬の陥穽《かんせい》。

それが成功者一剣に訪れた。

後援者たちとの会食で、料亭『安曇《あずみ》』に寄ったときに、それが起きた。

元来、人との付き合いが苦手な一剣は、後援者との会食は逃げ出したいほどのものだった。

安曇の仲居に、おきみというのがいた。

おきみは強い男に惹《ひ》かれてしまうものらしく、一剣にはなにくれとなく気を配り、厚くもてなし、そして熱い視線を注いだ。

人との付き合いが苦手という一剣の弱みをも、うまくとりなしてくれて、和《なご》やかな会食としてくれたことも大きかった。

おきみは、熱い、濡れた視線を注いだ。

そういうものは、互いにそれと分かるものだ。一剣はおきみが気に入り、安曇に通った。

そして、出来た。

親しくなったときに、なぜにおきみが強い男に惹かれるのかが分かった。おきみには、病弱な亭主がいたのである。元は腕のいい大工だったらしいが、屋根から転落してからというもの、寝たり起きたりの身体となってしまい、そういう亭主の面倒を見るために、仲居として働き始めたのだ。

一剣と通じたおきみは、

「あなたがいなければ、生きてはいけない」

というほどの、のぼせようで、それほどの強い想いを抱かれたことのない一剣は、おきみに溺れた。

いつのときも、恋は――邪魔が入れば入るほど、燃えるもの。

病弱な亭主を抱えた相手と、道場の経営という二つのものが、二人の前に立ちはだかった。

おきみの柔肌による熱く細やかなもてなしと、逢瀬《おうせ》を重ねるごとに大胆になるその行為は、意識してそういうものを遠ざけていた一剣を夢中にさせ、溺れさせるのに充分だった。

剣の修行と道場を経営するということは、必ずしも融合することはなく、また人あしらいが苦手ということもあって、道場を続けてゆくことの疑問は大きくなるばかりだった。

武骨な剣の世界よりも、おきみの柔肌の世界の方が、そのときの赤川一剣には幾層倍もよかったのだ。

邪魔な亭主に対しては、

「別れたい」

「別れろ」

　という言葉が飛び交い、

「道場を譲りたい」

「早く二人でどこかへ」

　という夢のような言葉が重なった。

　そういうときに、おきみの亭主が死んだ。

　風邪をこじらせて、高熱を発した後に死んだ。

　そのことをおきみから聞いたとき、一剣はおきみが亭主を殺したことを知った。手にはかけなかったかもしれないが、そのように仕向け、そして結果を得たのだ。そして悲しみに沈んでいるはずのときに、

「これで、あたしたちの仲を裂く、邪魔者はいない」

　そう言い切ったおきみの眼は、まさに魔性の女のそれだった。

　そのときに一剣は、おきみの本性に気づいておくべきだった。

　だが、一剣は、

「このおれのために、亭主を殺したのだ」

と、愛の極地と置き換えたのだ。

それだけに、おきみの一剣への入れ込み方も烈《はげ》しいものになったし、一剣もまたおきみへのめり込んだ。

そのころすでに、一剣に代わって道場を切り回していた山本に、後援者がつき、大金が動いた。一剣は三百両という金で道場を山本に譲った。

得た金を持つと、一剣はおきみと旅立った。

修行の旅ではなく、行方定めぬ好きな女との二人旅は、一剣を幸せの絶頂に誘い、夢のような日々となった。

だが、それとは別に、夜毎に繰り広げられる痴態は、次第に一剣を追い詰めていた。おきみが求めるそれは烈しく執拗だった。それと、一剣が与えるものとの差があまりに大きく、それを埋める為に一剣は苦悩し、そして痩せ細った。

やがて上方に流れ着いて、そこに腰を落ち着けた。

というより、病を得て、やむなく大坂に滞在したのだ。

とてつもない倦怠感《けんたいかん》と脱力感が襲いきて、歩くことすらままならなかった。医者にかかったが、

「心身ともに、おつかれでんな」

というだけで、はっきりとした原因は分からず、それがために処方も曖昧《あいまい》なものとなった。

寝たままの日々。おきみが用意する食事を、どうにか飲み食いする生活だった。

そしておきみに触れることすら出来ない日々が、三ヶ月も続いた。

この間、おきみは退屈し、熟れた肢体を持て余した。そしてそこそこに金はあった。

おきみは一剣の知らぬところで遊び始めた。遊びは日々勢いを増してゆき、そしてついにおきみは金を使い果たした。

金の切れ目が縁の切れ目か、おきみは遊びで知り合ったやくざ者と一剣の元から逃げ出した。地言葉で言うところの、

「あり得へんで」

ということが起きたのだ。

病床の一剣は悶《もだ》えた。

起きることもならず、愛する女に逃げられた衝撃は大きく、一剣は乱心したかのような日々を送った。それがために病の治りは遅れ、借金は膨れ上がった。

旅先の江戸で一剣の腕を見知っていた、浪速《なにわ》の裏の世界を支配する香具師《やし》の元締『吹田《すいた》の矢五郎《やごろう》』が、

「お元気になられたときにでも、お返しいただければよろし」

と、気前よく金を回してくれた。

しばらくして、病が小康状態を保ったとき、

「この世にいては、迷惑なお人がおりますのや」

と、矢五郎がやんわりと仕事をもちかけてきた。

一剣は借金返済のために、人を斬った。

それで借金は消え、不思議なことに病も消えた。

剣を握ったことで、おそらく活力が湧いたのだろう。

金を得るために、また人を斬った。

病が癒《い》えた一剣は、得た金でおきみを狂ったように探した。やがて伏見の宿で男と同衾《どうきん》しているところをみつけ、男を斬っておきみを取り戻した。

だが、そのときすでに、おきみは以前のおきみではなかった。まったくの別人へと成り変っていたのだ。

おきみを取り戻すべく、荒々しい行為に及ぼうとしても、一剣はそれが出来ない身体になっていた。

一剣はもだえ、苦しんだ。

わざとのようにおきみは一剣を誘い、そして煽《あお》った。だが、一剣は煽られれば煽られるほど、出来なかった。出来ぬ一剣を、おきみはののしり、あざ笑った。

おきみは見せつけるように、若い弱々しい男をみつけては、逃げ出して同衾する、ということを繰り返した。

そして探し出した一剣が、男を斬り殺すのだ。

もはや、地獄だった。

ついに、一剣は若い男と同衾しているおきみを、その男ともども串刺しにして殺害すると、上方を逃げ出したのだ。

何もない、すがりついた愛すらも失った一剣は、悲惨な旅を続けた。飲んでは暴れ、そして人を斬った。朝から飲み、昼飯代わりにまた飲む。前後不覚になるまで飲んだ。そして暴れた。

沼津の町で町人二人を斬って、捕らえられ、牢へとつながれた。

そこを通りかかった幕臣旗本の斎藤若狭守に助けられ、江戸へと同道し、そのまま斎藤若狭の飼い犬となった。

斎藤若狭の食客となって、半年が経つ。

人生そのものを失い、人斬りへと転落した狼《おおかみ》は、自分の危機を救ってくれた斎藤若狭の恩義に報いるため――だけに生きていた。

斎藤若狭がどういう人間であるのか、そして彼が何をしようとしているのか、などということはどうでもよかった。

飼い犬に、なり切る――のである。

主人の斎藤と兄弟のように親しく、共に何かを企んでいるらしいのが、両替商の五菱閣次郎兵衛であった。

斎藤家では、その家禄ではとても養えぬ家臣団を抱え、多数の腕の立つ浪人たちを飼っていた。それらにかかる費用がすべて、五菱閣から出ていることも知っていた。

そのこともあって、次郎兵衛は斎藤家の家臣たちにも、そして浪人たちにも、主人面して接してくるのが常であった。そのことを一剣は苦々しく思っていた。

「おれが飼われているは、斎藤若狭であって、次郎兵衛ではない」

のである。

だからその日、次郎兵衛から救援を求める使いが来たときも、一剣は行く気はなかった。

三十人いる家臣たちの半数が、島田所之助《しまだところのすけ》という斎藤若狭の腹心に率《ひき》いられて出向くことになったときも、黙っていた。

「脅しに来たのは何人じゃ」

「はい、三人で」

「三人で乗り込んで参ったか」

「はい」

「凄腕なのか」

「はい……昨日、そやつを襲うべく十人の浪人者をやりましたが、そのうちの五人までもが、斬られています」

「何者じゃ」

「はい、嶋右近と申す、刀の鑑定師です」

その名を聞いた瞬間、一剣はピクンと反応していた。

一剣が斎藤若狭に救われ、酒を抜いて日常を取り戻し、江戸に戻ってきたとき、真っ先に訪れたのは、かつて我が道場だった深川の山本道場であった。

道場は見事に潰れていた。

聞くところによると、凄腕の師範代だった太田角兵衛《おおたかくべえ》は一刀のもとに斬り倒され、道場主の山本啓造は利き腕の右腕を斬り飛ばされ、行方知れずとなっていた。

二人を倒した相手は、刀剣の鑑定師として名高い、嶋右近という男であるという。

一剣は屈辱に震えた。

（許せぬ――）

で、あった。

倒された二人も、二人を育てた己《おのれ》も、である。

なにより許せぬのは、山本道場を壊滅させた嶋右近であるだろう。

心形刀流の名にかけても、許せぬ相手であった。

会うことがあれば――斬る！

そう思い定めていた相手が、斎藤若狭の盟友・五菱閣次郎兵衛を、恐喝《ゆす》っているというのだ。

「殿、わたしが参りましょう」

そう言って立ちあがった一剣であった。

「おお、赤川、行ってくれるか。お主が行けば安心じゃ」

その言葉を背に、駆けつけ、そして向かい合った。

岩のような凄まじい気が襲いきた。

あれほどの相手は初めてだった。

あの男が相手では、山本が腕を斬り飛ばされのも道理であった。とてもではないが、勝てはせぬ。

（――おのれ）

一剣は一種の狂いの世界に没した。

どんな手を使っても、右近を斬るつもりだった。

ほかのことはどうでもよかった。というより、考えられなかった。

眼の前の右近を倒すことだけに集中した。

だが、斎藤の腹心である島田が、次郎兵衛救出を最優先させるべきことを、一剣に思い出させた。

だから外に飛び出し、右近が次郎兵衛を放す機会を待った。次郎兵衛を放した右近たちが来るであろう、日本橋川を背に待った。

だが、右近たちは楓川へと向かい、あっさりと逃げてしまった。

逃げ方も、逃げ足の速さも、武道の心得のうちであり、鮮《あざ》やかに逃げることが出来る者は、鮮やかな剣をふるうものだ。

してやられた一剣は、即座の対決を決意した。

「あの男を倒すには、刻を置いてはならぬ」

のである。

一剣は斎藤屋敷に駆け戻った。

「どうやら、左文字の名刀ほしさのあまり、次郎兵衛殿が用心棒の浪人を使って、二人の者を殺害して得ようとしたことが発端。つまり、こちらに非がありましょう。とはいえ、嶋右近が脅してきたことも事実なれば、このまま捨ておくわけにも参りませぬ……なにより、相手は思うていた以上の凄腕……あの男を放っておいては、後々のためになりません。精鋭を貸して頂きたい。今これより、右近を襲い、仕留めて参ります」

凄腕の浪人たちを貸してくれれば、必ずや仕留めてみせる——という自信はあった。

「赤川、その嶋右近と申すは、それほどの者か」

「はい」

「お主一人でも、仕留めるは難しいほどにか」

「はい……わたしが弟子に譲りました心形刀流の山本道場を、たった一人で壊滅させました男でござりますれば」

「おお……そういう因縁もあったか」

「はっ」

「次郎兵衛の馬鹿が、左文字の刀などに執心しおって」

「殿への貢物かと」

「左文字など、どうでもよかったのじゃ」

「しかし、殿のことを思ってのことでありますれば……」

「妙な……凄い男を起こしてしまったの……よい……仕留めて参れ」

斎藤若狭の快諾を受け、一剣は即座に六人の食客たちを連れて、舟に乗り込んだ――のである。


舟は駒形堂の近くに、思ったよりも早く着いた。

一剣を先頭に男たちは飛び下り、混雑する浅草寺の前を駆け抜け、下谷広小路に出ると、さらに足を速めた。広小路を突き抜けると、不忍池が見えてくる。

「池ノ端七軒町はあの角だ」

まさに指呼《しこ》の距離に敵はいる。

一同は速度を落とし、刀の下緒を外して、襷《たすき》にかけつつ、襲撃場所へと向かった。

五

柳原土手を左手に見ながら、神田川を漕ぎ上がり、昌平坂学問所の手前の筋違御門《すじちがいごもん》に架かる筋違橋を潜り、すぐ向こうにある昌平橋のたもとに舟が着くと、右近と半次は火除《ひよけ》広道《こうどう》に駆け上がり、その勢いのまま神田明神の横を駆け抜け、一気に不忍池へと出ると、池ノ端のどぶ板長屋へと駆け込む。

さすがの半次だ。息も切らさずにピタリとついてくる。

木戸を入って二軒目の仕事場へと入った。

一軒目の住居に人の気配がする。

「おい、誰かいるのか」

そう声をかけると、すぐにお美代が顔を出した。

「おお、お美代ちゃん、来ていたのか」

「右近さんこそ、どこへ行ってたんです。すごく待ったのよ」

華やかな柄の着物を着たお美代がいると、オンボロ長屋も満更《まんざら》ではなかった。

「どこへ行ってた、じゃなくて、これから行くのだ」

「どこへ」

「しばらく留守にする」

「なぜ」

「この身が危ないのだ。お美代ちゃんもおれがいいと言うまで、ここには来ちゃいけない」

「また、凄いのに」

「狙われている……いや、今度は狙っているのかな」

半次がプッと吹いて、

「たしかに、どっちともつきませんや」

と、茶化した。

話をしながらも右近の手は休まない。

左文字、国行、繁慶と、次々に名刀を風呂敷に包み込み、紐《ひも》でしばって大きな一つの荷にしてゆく。

それが終わると住居に戻り、下着や札入れなどを一まとめにし、

「さ、長居は無用だ。逃げようぜ」

外に飛び出すや、

「長屋のみなさん、右近はしばらく留守にします。誰かが訪ねて参りましたら、そのようにお伝えをお願いします」

そう怒鳴ると、ああいいよ、とか、気をつけて行ってらっしゃい、などという返事が二つ三つ返ってくる。

半次に名刀三本を固めたものを担がせ、右近は風呂敷包みをひとつ持つと、グズグズしているお美代の手を引いて、サッと池ノ端の通りに出た。

思いもかけず、手を引いて貰ったお美代は、真っ赤になりながら、

「いやだわ……変よ……いやだわ……こんなの」

などと、嬉しそうだ。

「そうそうお美代ちゃん、おいら初めて人を恐喝《ゆす》ったぜ」

「えっ、恐喝りを」

「ああ、善人を二人殺して、名刀を我が物にしようとした悪党をね、宗達さんと恐喝ってやった」

「相手は悪党なのね」

「ワルもワル。腹の中は真っ黒さ」

「そんなやつ、恐喝られても仕方がないわ」

「そうかい」

「そうよ」

右近、ニヤリと笑い。

「うまくすれば、万両手に入る」

「万両も」

「うまくすればね」

「夢みたい」

「どこか連れて行ってやるよ。一斎のとっつあんは旅は好きかい」

「さあ、わたしが物心ついたときから、江戸を離れたことがないわ」

「だよな」

「でも、わたしは行きたい……ね、どこ、どこに行くの」

「あっはっは、まだ手にしてはいない。取らぬ狸《たぬき》のなんとやらだ」

通りに右近の屈託のない笑いが響いた。

右近は道筋を下谷茅町《したやかやちょう》二丁目へと取った。

真っ直ぐに行った昌平橋に、屋根舟を待たせている。そこまでひとっ走りだった。

六

手配りは万全だった。

逃げる隙はなかった。

要所を三人に抑えさせ、四人で長屋の木戸を潜った。

木戸を入って一軒目が住居で、二軒目が仕事場だと聞いた。

静かだった。

人の気配はなかった。

おそらく恐喝に疲れて休んでいるのかもしれない。

それこそ好都合だった。

刀の鯉口を切った。

そのとき、後ろの長屋の戸がガラリと開き、婆《ばばあ》が顔を出した。

ギンと睨む四つの顔に、怯えながら、

「右近さんに用ですか」

と、婆は聞いてきた。

「いるだろうな」

低い声で訊ねた。

「いませんよ」

軽く希望が砕かれた。

「なに……いない」

「はい。しばらく留守にするので、誰か訪ねてきたらそのように伝えてくれと……」

一剣は、カッとなった。

読まれていた。

しかも伝言を残して行く——とは。

それにしても、なんという行動力か。

そのことにも、カッとなっていた。

達人——である。

逃げの達人。

一剣、眼の前の戸を、いきなり蹴破っていた。

そして躍《おど》りこむ。

いないということは分かっていた。だが、そうでもしなければ、この怒りの抑えようがなかった。

誰もいない空間が、一剣をあざ笑っているかのようだ。

その屈辱が、殺したおきみのあざ笑いと重なった。

一剣、抜く手も見せず、行灯を斬った。

「探せ。刀を探せ」

せめて、左文字の刀だけでも奪ってやる。

残りの三人も躍りこんで来ると、部屋の物色を始めた。

乱暴に蹴り、乱雑に押し倒し、押入れの唐紙《からかみ》を斬り外した。
だが、どちらの部屋にも、名刀はなかった。
どうでもいいような、鈍刀《なまくら》が数本転げていただけだ。
「あやつめ」
嶋右近の顔が、一剣の脳裏一杯に広がった。
その顔は、笑っていた。
爽《さわ》やかに、笑っていた。
「あの野郎」
一剣は、爽やかな笑顔をもつ者が、許せなかった。
虫酸《むしず》が走るのである。
絶対に——殺してやる。
一剣は、烈しく、狂ったように、右近を嫌悪した。

追　撃

一

右近たちが道を茅町《かやちょう》二丁目に曲がろうとしたとき、早駕籠が駆け迫って来ると、

「ちょっと待て」

「おい、ここでいいぜ」

という声がかかって、駕籠が止まった。

止まった駕籠から平八郎と甚五郎が蒼い顔をして下りると、

「旦那、あの髷は間違いなく右近さんですぜ」

「おお、あれは右近よ」

茅町の通りへとスッと曲がってゆく、ぶっとい茶筅《ちゃせん》髷を指した。

揺られに揺られて来たために、二人の足元は定まらず、ヨタついていたが、どうやら舟

で先行した浪人たちを出し抜いたようだ。

「やったな、甚五郎」

そう言って振り返った平八郎の顔がさらに蒼白となった。

二人に向かって七人の浪人たちが迫り来るではないか。だが、彼らは緊張して迎え撃つ形になった二人を無視し、殺気立ったものをギラつかせながら、その横を通り過ぎてゆく。

そのうちの何人かは、すでに襷をかけていた。

彼らは道を曲がった右近たちには気づかず、右近の長屋がある池ノ端七軒町へと向かって行く。

「旦那、間一髪とはこのことですぜ」

「あいつめ……悪運の強い野郎だ」

平八郎と甚五郎は、右近たちを追った。

道を曲がって行くと、茅町の通りを右近はお美代の手を引いて、嬉しそうに歩いていた。

「どうでえ、あの馬鹿」

「まったくで」

そう言いながらも、二人は右近のそんなところが好きなのだ。

「右近先生」

と、声をかける。

振り返った右近は、ニッと笑った。

「おお、平ちゃん」

「恐喝りはどうだった」

「まあ、震え上がったろうが、中途半端に終わったよ。邪魔者というか、助っ人さんが大勢いらしてね」

「激突かい」

「まあな」

「それで逃げるところか」

「当たりだ」

屈託のない笑い顔は、とても逃げる者のそれではなかった。


平八郎が「右近先生」と声をかけたとき、不思議な反応をした者がいた。

だが、そのことをその場の誰も気がつかなかった。

道端で下を向いて物乞《ものご》いをしている乞食坊主がそれだ。その乞食坊主がピクンと反応し、右近に恐ろしいばかりの恨みの視線を投げたことを、誰が知ろうか。

髭が長く伸びきったその坊主には、右手がなかった。

腕のない袖が、風に揺れていた。

平八郎は早口になって、

「急いだ方がいいぜ、斎藤若狭の屋敷を出た浪人たちが七人、今そこを通ってお前さんの長屋に向かった」

と、一気に伝えた。

「そいつを追って来てくれたのか」

「そいつらをなんとか出し抜いて、お前に知らせようと早駕籠でな」

「そうか、ありがとう」

やはり——である。

あの赤川一剣という男、あの場でこの右近との決戦を決意したのだ。だが、飼い犬が独断専行《どくだんせんこう》はできない。それで急ぎ斎藤屋敷に戻って、主人の斎藤若狭の許可を得たのだ。そこで斎藤若狭は、勝ちを万全にするために精鋭をつけた。一剣はその精鋭を引き連れ、右近の住まいを襲い、一気に決着をつけようとしているのだ。

恐喝られるつもりは毛頭ないのだ。相手は右近や宗達を消しにかかっていた。つまり、戦いは始まっているのだ。

「思った以上に早い動きだ」

「お前もな……だが、今度は危ねえぞ」

「金の成る木と天下の旗本が相手だからな」

「こんなところで立ち話もなんだ……あいつら、長屋にいないと分かれば、すぐに戻ってくる」

「急ごう」

右近はお美代に向かい、

「急ぐので、ここで別れよう……気をつけてお帰り」

そう笑った。

「はい……右近さんも気をつけて」

手を振るお美代を残して、右近たちは急ぎ足になって神田明神の方へと去った。

その後を追うように、お美代がゆっくりと歩み始めたとき、乞食坊主が素早く立ちあがり、お美代に近付くと、左手でお美代の袖をむんずと摑んだ。

「あっ」

と、振り返るお美代の脾腹《ひばら》に、乞食坊主の拳《こぶし》が突き入れられた。

「う――ん」

という可愛いうめきを残して、お美代は崩れ落ちた。

乞食坊主はあたりを窺《うかが》い、人通りがないことを確かめると、お美代を素早く担ぎ上げた。

二

赤川一剣たちが、右近の部屋をさんざん荒らして外に出ると、真向かいの長屋の婆が茫《ぼう》然《ぜん》として彼らを見つめていた。

「右近めは、いつ出て行った」

一剣の問いに、婆は否定するかのように首を振った。

「言わぬと、これだぞ」

一剣の刀が鞘走り、そしてまた鞘に戻った。

婆の腰の帯がブッツリと切れた。

ストンと腰を抜かした婆が木戸を指しながら、唇を震わせた。

「す、す、少し前に」

「入れ違ったか」

「は、は、はい」

赤川一剣が、悲鳴のような声を上げた。

「まだ遠くへは行っておらぬ。追うぞ」

呼応して、一斉に走り出す浪人たち。

池ノ端の通りを、戻って行けば、

「ここだ。ここで入れ違ったのだ」

という分かれ道に出た。

そちらに曲がって走ってゆく男たちの前に、黒い影が立ちはだかった。男たちは殺気立って立ち止まった。影は、乞食坊主だった。

「何者か」

一剣の誰何《すいか》に、

「鑑定師の嶋右近を追っているのか」

乞食坊主は、はっきりとそう言った。

「いかにも、そうだが……」

「少し遅かったな。もはや間に合うまい」

「いつ、ここを通った」

「追っても無駄だ。あやつらめは、神田川に舟を待たせている」

「お主、何者だ」

「わたしが何者でもいい……それより、嶋右近をおびき寄せる、ある何かをわたしが持っているとしたら」

「嶋右近をおびき寄せるもの?」

「そうだ……確実に右近は素っ飛んで来る、そのなにかをわたしがもっていて、それを譲ると申したならば、どうなされる」

「つまり、謝礼か……それならば、充分に出す」

「幾らだ」

「ものにもよる……だが、確実に右近が来るという代物ならば、十両出してもよい」

「いや、十と五両」

ジッと髭《ひげ》だらけの乞食坊主を見ていた一剣、ハッとなった。

「お……お主は……山本啓造ではないか」

濁った眼と伸びきった髭が邪魔をしていたが、間違いなくその男は赤川の心形刀流の道場を引き継いだ、山本啓造であった。

山本坊主もまた愕然となって、一剣を見た。

「お……おお、赤川先生」

　赤川一剣もまた、恰幅《かっぷく》のよかったあのころと違い、削がれたように痩せ細り、しかも無精髭が濃い。まさに別人だった。

「お主、嶋右近に右腕を飛ばされたと聞いたが……」

「このとおりです」

　山本は腕のない袖を振って見せた。

「あやつのために、このような境遇にまで落ち申した」

　山本は下を向いた。

「剣客が利き腕をなくせば、誰しもこうなろう」

　蔑《さげす》みではなく、同情のこもった声であった。

「一剣先生は、なぜまた嶋右近を」

「やつは今、わたしの敵なのだ」

「敵」

「そうだ」

　山本は一剣をジッと見て、

「あの女とは——」

「そのことは言うな！」

烈しい一剣の言葉に、山本はどういうことがあったのか、一瞬で理解した。

山本は一剣に従って、二度ほど安曇を訪れていて、おきみのことを知っている。

おきみを見たとき、山本は、

「この女は、危ない」

と、直感した。おきみの中に魔性を見たのだ。

だが、山本は黙っていた。一剣が道場を誰かに譲りたがっていることを知っていたからだ。女にのめり込んでくれれば、あるいは赤川道場は、山本道場となる可能性が高くなるのだ。抜け目の無い山本は、だから却《かえ》ってけしかけるように、

「ああいう美しい人は、放っておくと危ない。誰かが守ってやりませんとな」

などと、煽ったものだ。

そのとおりに、赤川が行動するとは、夢にも思わなかったことだが、その目論見《もくろみ》は面白いように当たり、山本は道場主となったのだ。

だが、その道場主となったことが、良かったのか悪かったのか。

「お主は、右近に右腕を飛ばされ、道場を潰された」

「先生は今、右近を敵としておられる」

「右近は我らの共通の敵だ」

「これも何かの縁でございましょう」

「お主の持っているものとやら、明かしてくれ」

「十五両、よろしいか」

「いかにも」

「では、どうぞ、こちらへ」

一剣たちは右近を追うことを止めて、山本坊主へと従った。

三

昌平橋から屋根舟で神田川を漕ぎ下り、大川に出ると川向こうの堅川《たてかわ》に入り、二ツ目橋近くの船宿亀久の船着場へと上がった。

船着き場には、宗達と亀太郎が出迎えてくれた。

すでに夕闇が迫っていた。

「待っていてくれたのか」

「なあに、いやーな、胸騒ぎがしたもんでね」

宗達は坊主頭を撫でた。

「そいつは大当たりだ。やはり、間髪を入れずの引越しは大正解だ」

「来やがったのか」

「ぐずぐずしていたら、今ごろは血の海の中さ」

「さすがは兄貴だ」

わいわいと、亀久の二階に上がると、すぐに酒となった。

それはまさに不思議な集まりだった。

行灯の明かりに照らされた右近の右側には、恐喝りの達人、ワルで鳴り響く大河内宗達がいて、その隣には稲葉小僧という二つ名で呼ばれる泥棒の達人、半次が神妙な顔で盃《さかずき》を嘗《な》めている。

対するように、右近の左側には、北町奉行所の定廻り同心の奥平八郎がいて、その横には元・火付盗賊改メの同心であったこの船宿の主人、亀太郎がにこやかに坐っている。

右近はそのことが可笑《おか》しかった。

右側は悪いやつら。左側はワルを取り締まる者たち——という図式だ。

それぞれが、それぞれの、居心地の悪さを感じながらも、男同士の不思議なつながりを楽しんでいる風でもあった。

特に奥平八郎は、みんなの顔は見知っていても、こうして飲むのは初めてなだけに、どこか緊張していて可笑しかった。なにより半次は平八郎と目線を合わせるのを嫌がっており、裏の事情を知る右近と宗達には、楽しい酒となった。

眼の前には料理自慢の亀太郎とお久が、嬉々として造った料理が並び、酒はまさに上物だった。

「ところで、これからどうするね、右近さん」

宗達が口火を切った。

「それよ、右近……最初の思惑《おもわく》とは違ってきて、敵は大きいぜ」

平八郎も顔を歪めた。

「おれはどうしても、五菱閣次郎兵衛が許せなかった。名刀とはいえ、左文字欲しさに、二人も殺させて手に入れようとした。その根のところには、ただで名刀を手に入れようとする浅ましさがある。直接に手を下していないとはいえ、あいつが菊池老人と金兵衛を殺したも同然だ。そのことをとことん思い知らせてやり、償《つぐな》わせてやろうと思ったのだ。そのための恐喝りであり、脅しだった」

右近の怒りがその場の者たちにビシビシと伝わってくる。

「ところがだ、五菱閣の後ろには、五菱閣の応援を得て、奉行職に就こうとしている旗本の斎藤若狭がいた。この斎藤若狭は、五菱閣が差し出す金で、家禄以上の家臣を抱え、さらには凄腕の浪人たちをも飼っていたというわけだ」

恐喝りを断念せざるを得なかった無念さが、宗達の口元に漂う。

「そういうことだ……脅したとたん、ごちゃごちゃと出てきやがったよ」

「おれんとこの甚五郎が数えたところによれば、腕の立つ家臣が三十人ほどいるらしい。それに浪人が七人。少なくみても、合わせて三十七人。どうする右近先生」

「こりゃ、戦《いくさ》だな」

ワッと男たちは笑った。

「相手が万両を差し出し、一件落着とはなりますまいか」

亀太郎はそうなって欲しいような口ぶりだ。

「まず出すまい。出すくらいなら、おれを殺る《や》方に使おうよ。それだけ凄腕を雇える。江戸中の凄腕を集められては、こっちがもたん」

「うん……そういうこったな……十万両と踏んだおいらも、読みが甘かった」

「おいおい、すでに右近のところは狙われたんだ。あっちはやる気だ。というより、もう始めている」

「戦か」

「戦だ」

「こっちも仲間を集めるから、合戦ということになるか」

「それよ……火の手が大きくなると、斎藤若狭はただでは済むまい……奉行職の話は吹っ飛ぶ。だけでなく、取り潰されることにもなりかねん。隠密のうちに、おれと宗達を殺りたいだろうな」

「右近、電光石火の引越しはお前のおはこだが、今回もずばりと的中したな」

「厄介なのは、これからだ……おれはあくまでも、五菱閣を震え上がらせるつもりだ。というより、あいつの欲を、よこしまな欲をこそ斬りたいのだ……そのためには斎藤若狭の家臣や飼い犬の浪人たちを、一人一人潰してゆくしかないだろう」

「兄貴、やってやろうぜ」

宗達の言葉に、半次もうなずいていた。

「それもいいが、右近……おれはお前の死に顔だけは見たくない……そこだけは頼むぜ」

平八郎の言葉はその場の者たちの胸に沁みた。

右近、半次を目顔で廊下に誘った。右近に続いて出てきた半次に、

「五菱閣の間取りは入っているな」

と、ささやく。

「すっかり、と」

「今夜、忍んで相手の出方を探ってくれるか」

「合点で」

ニッと笑った半次、

「五菱閣だけでいいんですかい」

と、ささやいてくる。

「斎藤屋敷にも入ってくれるか」

「朝飯前で……いや、寝酒前のことで」

言い終わらぬうちに、玄関へと向かった。

酒席に戻ると、平八郎が、

「半次さんは」

と、訊ねてきた。

「仕事をね……思い出したそうだ」

そう言うと、ニッと宗達は笑って、

「夜もまた、忙しい野郎だ」

と、つぶやいた。

それを潮に、平八郎は立ちあがった。

四

竹がざわめき、ばらばらとなにかを落とした。

ハッと気がついたお美代は、自分がどこかの小屋の土間に転がされていることを知った。

後ろ手に縛られていて、横倒しにされていた。両足も縛られていて、身動きはできない。

また、竹がざわめき、なにかを落とした。

竹藪の中の小屋なのだ。それだけが分かった。

当身を食らう前に、お美代は相手の顔を見た。薄汚れた坊主姿で、髭が顔一面を覆っていた。

見覚えのある顔ではなかった。

悪戯《いたずら》目的でのことでもないようだ。衣服は乱れていなかったし、それらしい覚えもなかった。

誰が、何の目的で、お美代をさらったのか。

フッと右近の顔が浮かんだ。

「初めて恐喝《ゆす》りをやったよ」

という声も脳裏に響いた。

そのことと係りがあるかどうかは分からないが、おそらく右近が絡んでいるに違いない。

(わたしは、殺されるのかしら――)

そう思った。恐怖もあったが、それよりも、

(それならば、それでもいい)

と、すんなりと思っていた。

(右近さんのために死ねるのなら……それもいいかも)

なのであった。

そうなったら、右近さんは一生わたしのことを忘れられない。

そういうことを思うお美代は、根っからの明るい娘なのだろう。

竹藪に足音がした。

しかも複数の足音だ。

お美代は眼をつむり、気を失った娘に戻った。

小屋の戸がガタピシと開けられ、二人だけが入ってきた。

「右近めを、おびき寄せられるものとは、女か」

「はい……お美代と申す娘で、右近とは昵懇《じっこん》の間柄」

「どう親しいのだ」

「結ばれるのではないかと、長屋では噂されておりました」

「調べたのか」

「以前、あやつめと敵対したるときに……」

「なぜそのときに使わなんだ」

「あのときは、女をダシになど……」

「今はいいのか」

「赤川先生に申し上げておきますが、右近めの腕は江戸でも数本の指に入りましょう。あなどっていては、明日はこのわたしのごとく」

「腕なしで、物乞い生活、というか」

「わたしも好んでやっているわけではありません」

それっきり、男たちは黙り、そして小屋を出て行った。

お美代は変な気持ちだった。

長屋の人たちが、右近と自分がいずれ結ばれるだろうと、噂していることは知らなかった。そのことは甘い疼きを覚えさせたが、右近の命を狙っている男たちがいるということが、その疼きを消し去っていた。

右近の腕は江戸でも指折りという。おそらく尋常な勝負では分が悪い。そのために、身内同様のお美代をさらって、罠を用意した場所に右近をおびき寄せ、仕留めようというのだ。

わたしのために、右近さんが殺されてしまう。

そう思った瞬間、身体がカッとなった。

わたしのために――右近さんが。

お美代は狂ったように手足を動かした。だが、手足の縛《いまし》めは少しも緩《ゆる》まなかった。

(嗚呼《ああ》――右近さん)

お美代の眼から熱い雫《しずく》がしたたり落ちた。

どれくらい経ったろうか。いきなり後ろ手に縛められていたものが解かれ、両足を縛っていた紐も切られ、お美代は引き起こされた。

引き出されるようにして外に出ると、やはりそこは竹藪の中だった。風に吹かれ、竹が鳴った。

二つの提灯《ちょうちん》がポッカリと闇の中に浮いていた。

その明かりに四人の侍が照らし出されていた。

「見ていろ」

そう言うと、研ぎ澄まされた刃物のようなものを感じさせる男が、いきなり刀を抜き打った。

その刀がパチリと鞘に戻ったとき、眼の前の竹がズパッと切断されて、ゆっくりと地面に突き立ち、そして倒れてゆく。

「声を上げたり、逆らったりすれば、こうなる」

残忍な視線をお美代に向けてきた。

「おとなしく言うことを聞けば、無事に帰してやる」

侍二人が先行し、それにお美代が従い、後方を二人が固めた。竹を切った刃物のような男は、もちろん後ろにピタリとついていた。

竹藪を出ると、そこは当身を食らった場所からそう遠くはない、根生院《こんせいいん》という寺の裏地だった。

しばらく歩くと、町駕籠が待っていた。

「乗れ」

刃物が指示し、お美代は黙って駕籠に乗った。

駕籠の中は闇だ。

お美代は揺られながら、自分のために右近がおびき寄せられ、そして男たちに囲まれ、斬り殺されてしまうのか——と、そのことを思った。

右近は立ち向かうだろうが、やはりそこは多勢に無勢、無残な最期を遂げてしまうのだろう。

そのことを思うと胸がギリリと痛んだ。

でも、右近が噂どおりだと、そう簡単にやられはしない、という気もしてくるのだ。

お美代は右近を、知っているようで知らない。聞くところによれば、

「恐ろしく、強い」

らしい。

「江戸に二人いるかどうか」

と、祖父の一斎は言っていた。

「以前など、相手の刀を何本も叩き折ったそうな」

とも、言っていた。

「それにしても、このような剛刀を軽々と振り回せるのは、右近くらいのものだろうよ」

眼の前に預かった右近正宗を置いて、それを肴に嬉しそうに飲んでいた一斎を思い出す。

そういう噂が本当であれば、

「右近はそう易々《やすやす》と討たれはしないだろう」

と、そう思うのだ。

いや、お美代は右近がそうあって欲しいのだ。そうして、逆に自分を救い出して欲しい。

祈るように眼を閉じたお美代は、また駕籠が角を曲がるのを感じた。

五

怪盗・稲葉小僧と呼ばれる、大工の半次に言わせれば、大名屋敷より商家の方が忍び込みにくい――らしい。

戦が専門の武家の屋敷に、まさか忍び込む者がいようとは、誰も思わぬために、尖《とが》った剣先をもつ鉄製の逆茂木《さかもぎ》もなければ、危ない仕掛けもない。その構造さえつかめば、いとも簡単なのが、武家屋敷であり、その代表が大名屋敷であるだろう。

それと比べて、商家には金があるためか、泥棒の存在を意識して建てるために、忍び難い構造であったり、危ない仕掛けが施してある。それらの仕掛けは、的を射ていたり、無駄であったり、それは家によってそれぞれだ。

建てるときに泥棒に意見を聞くのがもっともなのだろうが、そういうことをする酔狂《すいきょう》な奴はいやしない。

半次が聞かれたら、こう答えるに違いない。

「出入り口は少なく、そして狭く、窓もまた、小さく狭く、作るのさ」

と――。

だが、古来人は住居には〝住みやすさ〟を求める。住みやすい家とは、入りやすい家、ということだ。

風通し、などということを考えると、もういけない。泥棒など風のようなものだから、風通しのいい家というのは、泥棒通しのいい家ということになる。

稲葉小僧などという二つ名をもつ半次ほどになると、どんなに厳しい構えの家であろうと、抜け穴だらけ、ということになる。

そのとおり――半次は難なく、五菱閣へと忍び入った。

屋根裏を、奥の明かりが漏れている部屋の上まで行くと、話し声が聞こえてきた。

「お内儀《かみ》さん、いいのですか……こんなことを」

「いいんだよ、うちの人は今ごろは斎藤屋敷さ」

「あ……そんな……ああ」

半次が隙間から覗けば、まさに奥方が手代をたらし込むところだ。

男と女が逆の立場になって、女が男をひん剥《む》いて、どうと布団の上に転がし、その上に馬乗りとなった。

「なるほどね……」

威張った五菱閣の主人次郎兵衛の知らぬところで、女房は手代とよろしくやっている、ということだ。

主人の次郎兵衛も斎藤屋敷に出向くのが楽しみなのだろうが、女房はもっとそのときを楽しみにしている、という因果《いんが》の巡りだ。

「油断も隙も、ありゃしねえ」

そう嘯《うそぶ》くと、半次は長居は無用とばかりに、後退してゆく。

主人が斎藤屋敷にいると分かれば、五菱閣には用はない。斎藤屋敷こそ、本命だった。

半次は五菱閣を抜け出すと、小走りに斎藤屋敷へと向かった。

銀座の前を抜け、松島町を通って、小さな橋を渡ろうとしたとき、

「ここから向こう、三軒目が斎藤屋敷だ」

という声が聞こえた。

ギクリと立ち止まり、闇を透かし見れば、フッと姿を現した北の定廻り同心、奥平八郎。

「行くんだろ、斎藤屋敷に」

「さあて……」

「とぼけるなよ……稲葉小僧さんよ」

「旦那、覚え違いをしては困ります。あっしは大工の半次ですぜ」

「世を忍ぶ仮の姿か……世をあざむく巧妙な姿か」

「………」

「と言っても、おれにも確証はないのだ……ただ、お前が右近の友だちだから言うんだが……足を洗いねえ……足を洗ったら、今までのことには眼をつむる……どうだ」

半次は平八郎を信じる、というより右近を信じ、右近の友だちとしての平八郎を信じて、思い切った賭けに出た。

半次は、ゆっくりと、頷いたのだ。

「そうか……ならば、おれも忘れよう」

半次と平八郎の視線がピタリと合った。

「手前、初めておれをまともに見やがったな」

「旦那の顔が眩《まぶ》しくてね」

「こいつが、だろう」

と、朱房の十手をスイと見せた。

「ちげえねえ」

二人は低く笑った。

「ところで旦那……足を洗うあっしですが、斎藤屋敷はよろしいので」

「人助けと盗みでは、理由がちがう。それとも盗みもやるというのかい」

「いえ……友だちの、というより、兄とも慕《した》うお人の、手助けをしたいので……」

「そいつがおれの友だちで、先生だったら、見逃すしかあるまいよ……それに、人助けは、しておくものだぜ」

平八郎は顎《あご》を「行きな」と言うように、振って見せた。

小さく頭を下げて、半次が行き過ぎたとき、

「おい半次……捕まるなよ」

という声が響いた。

「まさかね……」

という返事が聞こえたとき、半次の姿はそこにはなかった。

「そうか……やっぱり、あいつ、稲葉小僧だったか」

闇の中で、ニヤリと笑いを浮かべた平八郎だった。

闇夜の決戦

一

商家の五菱閣に忍び込むのに比べれば、斎藤屋敷への忍び込みは、少年時代の遊戯に似ている。

平和な江戸の武家屋敷のただ中にあっては、見張りを置くことも、巡邏《じゅんら》しての警戒などしているはずもなく、半次はスルリと邸内に忍び込んだ。

家臣たちが住み暮らす長屋や厩舎《うまや》などがある一角には、用がない。

半次は一気に母屋へと迫り、その屋根へと上がり、そこの風通しの格子を外し、屋根裏へと潜り込んだ。

天井裏の梁《はり》を見れば、下の間取りは手に取るように分かった。

中央右寄りの一間から、もっとも強く明かりが漏れている。おそらく五菱閣次郎兵衛は、そこで斎藤若狭と対面しているものと思われた。

斎藤若狭や次郎兵衛は剣の達人ではないので問題はないが、修行を積んだ剣客たちが同席していると危なかった。

以前に——右近が仇討ちの助っ人をしたことがあり、そのときに半次もまた右近のために心形刀流の山本道場に忍び込んだ。道場主の山本と師範代の太田、それに目指す仇の葛《か》西新三郎《さいしんざぶろう》が飲んでいるところへ忍んだのだが、さすが剣客たちであって、屋根裏にいるところを見破られ、剣を突き入れられて危うく殺《や》られてしまう、というきわどいことがあった。葛西の剣先が足をかすったときは、思わず死ぬことを覚悟したものだ。

そのときに、剣客の感性の鋭さを思い知った半次だった。それだけに半次は、そろりそろりと慎重に移動して行った。

「——したが次郎兵衛、左文字などにこだわることもなかったのじゃ」

という声が、いきなり聞こえてきた。

思わぬ近さに半次はピタリと動きを止めた。

「——斎藤様がわたしでも、同じことをなさいますよ」

「——ほう」

「——あの左文字は、それほどのものなので……」

「――左文字を贖《あがな》うという気はなかったのか」

「――左文字を贖うとすれば、いくらかかると思います。今は一銭でも倹約し、殿様のために使わねばなりません」

声は真下から聞こえてくる。

前方の強い明かりが洩れてくる部屋には、おそらく家臣や浪人たちが詰めているのだ。

「――うむ、分かっている……次郎兵衛には苦労をかける」

「――いえいえ、苦労などとは……殿様がお奉行様になられたときには、数十倍のものが返って参りましょうに」

「――そうなればよいが……」

「――なにを弱気な」

「――弱気にもなろうぞ……左文字を奪うために二人を殺し、それに怒った凄いやつが、われらを脅して参っておる……これを暗雲《あんうん》が漂うと言わずして、なんと申すのじゃ」

「――殿様、この次郎兵衛がしたことは、殿様を思うてしたこと。とはいえ、やり方が間違っておりました。そのことは、このように幾重にも謝ります……されど、今は弱気になってはなりません」

せかせかと杯を空ける音がした。

「――今が肝心。押しに押して、要所要所に金子《きんす》を撒き、ほぼ次の奉行は、というところまで話は進んでおります」

「――だからじゃ……だから、このときに、要らざる騒動は命取りになるのじゃ……江戸の町で騒動を起こした者が、江戸の町奉行になれると思うか」

「――そのことを決定づけるためにも、左文字は老中様への最高の貢物……是非にも手に入れとうございました」

「――分かる……分かるぞ……したが、相手と時が悪かった」

「――それだけに、此度《こたび》のことは、時をかけず、一気に根絶させるのです」

「――そううまくいくか……相手のあることぞ」

「――そうではありますが、やるしかありません……他に洩れませぬように、密かに、そして素早く、処しませぬと……長引いたり、ことが大きくなりますと、それこそ手のつけられぬ事態に……」

「――密かに、素早く、か」

「――脅して参った一人は、茶坊主崩れの大河内宗達というワルで、ちょいとしたことを大袈裟に騒ぎ立てる名人とか……ことを終結させるのに、迷ったりすることはおろか、絶対に腰が引けてはなりません。逡巡《しゅんじゅん》することなく、素早く、そして密かに、処断することが肝要」

半次は思い切って部屋の端の天井板を少しずらした。

そこに出来た細長い三角の隙間から、部屋が見下ろせた。

部屋の中央で、斎藤若狭と次郎兵衛は対座していた。二人の前には膳が置かれ、高価そうな酒器や料理が並んでいた。

「松前奉行に決まったときに、妻に先立たれ、わしの生き方は変わった。子ができなかったが、わしは妻が好きだった。あれほど愛した者はおらぬ。一人で、待つ者もなく、松前に赴任《ふにん》する者の心が、次郎兵衛には分かるか」

「だから、松前ではあれほど歓迎いたしたではありませぬか」

「そうじゃ……松前でお前に会い、さらに変わった。妻も子もないこのわしには、この世は一代かぎりのお祭りじゃ。お前と組んでワルの限りを尽くし、巨万の富を得て、先祖のように大名に復帰するのじゃ……」

「そうでございますとも……三代前までは、小さいながらも一万二千石の大名家。わたしの祖父もその家老職。あのまま取り潰されておりませなんだら、われらは大名とその家老でありましたものを」

「三代前が、預かった将軍家の娘を、落馬事故で亡くしたりしておらなんだら……」

「しかし殿はようございます……可哀相ということで、直参《じきさん》旗本にお取立てになったのですから……」

「馬鹿を言うな……残ったものは、若狭守という名だけで、実体は貧乏旗本の窮屈な生活だけじゃ」

「それでも、旗本は旗本」

「のう次郎兵衛……早う抜け出したいものよ」

「すぐに抜け出せます」

二人は、二人にだけに通じる笑いを浮かべた。

そうだったのかと、半次は理解した。

前は大名だったのだ。若狭守などという大袈裟な名がついていたのは、そういう理由からなのだ。どうにかして以前の栄光を取り戻したいと焦り、そして歪んでしまった二人なのだ。

「それはそうと、次郎兵衛が放った刺客たちは、五人までも倒されたそうだな」

「それほどの凄腕とは知りませず、軽い気持ちで左文字を得られれば、と……」

「たしか……鑑定師の」

「嶋右近」

声は明瞭に伝わってくる。

「聞けば、剣術の道場を潰したことがある、豪《ごう》の者と言うではないか……厄介な者を起こしてしまったのう」

「まさか、江戸の市井にあれほどの者がいようとは、思いもいたしませなんだ……」

次郎兵衛は斎藤若狭の盃を満たした。

「お前には用心棒をつけねばならん……それだと五菱閣とここに人数を割くことになり、得策ではない……ことが終わるまで、ここにいてはどうじゃ」

「ここにいては稼げませんが、二日ばかりお世話になりましょう」

「うむ、そうするがよい」

そのとき、廊下に人の気配。

「殿」

という声がして、襖が開いた。

あの赤川一剣という男が、一礼をしてゆっくりと入ってきた。

「おお、赤川か……なにやら、吉報を待てという言伝があったのみで、なかなかに姿を見せぬので、やきもきしていたところだ」

赤川は二人の前に静かに坐り、

「これ以上のものはないという、みやげものを持参いたしました」

と、笑って見せた。

斎藤と次郎兵衛は顔色を変えた。

「みやげとな」

「それは一体」

迫る二人を手で制し、

「嶋右近を急襲して、討ち果たすことは出来ませなんだが……」

と、一呼吸置いた。

「だが？」

「嶋右近を自在に操《あやつ》れるかもしれぬ、あるものを手に入れました」

「なに、右近めを」

「自在に」

「操れると申すか」

二人はほとんど腰を浮かせていた。

「もし、右近に将来を約束した娘が、いたとしましたならば……」

「い、いるのか」

「許婚者《いいなづけ》がいた、と」

「は……右近めの長屋に足繁く通い、近隣でも将来は一緒になるという評判の、名を美代と申す、美しい娘がおります」

「そ、そ、その娘を」

「はい、今この屋敷に引き連れて参っております」

一剣が手をパンと叩くと、再び襖が開いて、三人の浪人に囲まれた町娘が入ってきた。

半次は愕然となった。

薄暗いその部屋にパッと咲いた可憐な花は、まさにお美代。

再び、一剣が手を叩くと、お美代を連れて男たちが出てゆく。

「あの娘を、いかがいたすのじゃ」

「明日、あの娘を利用し、右近めをこの屋敷におびき寄せ、この屋敷内において、討ち果たします」

顔を紅潮させながら、一剣はそう言い切った。

「おお……あの娘のためならば、右近とやらも飛んで来ようぞ」

「それはなかなかの名案。この屋敷内ならば人目を気にせず、どんなことでも出来ましょう」

「総出で討ち果たすがよい。槍に弓に鉄砲を用意すれば、いかに嶋右近が強かろうと、終わりじゃ」

「この髷の仇を、討ってもらいますよ」

思い切って丸めた頭を次郎兵衛は撫でた。

「したが、右近めは何処かへと、姿をくらましたというではないか」

「右近と親しい町方同心がおります。その手下の御用聞きを、それがしの知己《ちき》が知っておりますれば、その者に告げれば、すぐに右近の耳に入るはずです」

「娘の親も騒いでおろうしの」

「御意《ぎょい》」

斎藤若狭はうなずくと、次郎兵衛に顔を寄せた。

「それにしても、なんと可憐な娘よの」

「あれは、なかなかの上玉」

「なんとも、そそられるぞ」

「ほっほっほ、またぞろ下の虫が這い出て参りましたか」

斎藤若狭は一剣に、生真面目《きまじめ》な顔を向けた。

「赤川、でかした。お主は本当に頼りになる男よ。明日のこと、手配は一切任せる。嶋右近とやらを、見事に討ち果たすのじゃ」

「ははっ」

「ならば、そちはもう下がるがよい。そのかわり、娘を、これに」

と、ぬけぬけと命じた。

一剣は、なにか言いたそうにしたが、すぐにあきらめ、一礼してその部屋を去った。

しばらくして、浪人二人に連れられたお美代が部屋へと入ってきた。

「そちたちは、戻ってよい……ここには決して近付いてはならぬ。いいな……なにかあれば呼ぶ」

二人の浪人は一礼してその部屋を去った。

一人、取り残されたお美代は、力なくその場に坐った。

真上からだと、お美代の表情まで読めない。縛られてはいないものの、かどわかされた者の恐怖がいかに大きいものであるか、半次には痛いほど分かった。

改めてお美代を見る、斎藤若狭と次郎兵衛の眼と顔が、好色なもので満たされ、崩れてゆく。

「お美代と申すか」

お美代は下を向いたままだ。

「怖がるでない。わしらはなにも手荒なことはせぬ」

「そうですとも、おとなしく言うことを聞いていれば、なにも心配することはありません」

うなだれるお美代のその白いうなじに、じっとりとした視線をからませる二人だ。

「赤川たちが手荒なことをいたしたようだが、許せ。それはわたしの意図とは違うことよ
……嶋右近に用があったものを、どう取り違えたか、そなたを連れて参った」

そのとき、キッとお美代は顔を上げ、

「右近さんをどうなさるのです」

と、凛《りん》とした声で問うた。

「どうするも、こうするも、嶋右近とやらは、大河内宗達なるワルと組んで、この五菱閣次郎兵衛を脅して参ったのじゃ」

「脅し？」

「そうじゃ。人を脅し、金品を巻き上げるようとするのは良くないことじゃ。そうであろう」

「………」

「それで明日、嶋右近をここへ呼び、得心がゆくまで諭《さと》してろうと思うての」

「諭す、だけなのですか」

「もちろんじゃ。右近が納得して手を引けば、すべては丸く収まる」

「右近さんは何をどう脅してきたのです」

「よいよい、そういう細かいことはよいのじゃ。それより右近だが、ただ呼んだのでは警戒して来ない、ということも考えられる」

「……」

「だが、そなたがここで待っているということになれば、どうだな」

「右近さんは必ず、いらっしゃいます」

「それよ……われらがやろうとすることは、右近に脅しを止めるよう説得する。ただ、それだけのことよ」

「それならば、わたしをかどわかす必要はないのではありませんか」

「そのとおりだ。だが、赤川らはそなたをかどわかして、連れて来てしもうた。わたしのために勇み足をしてしもうたのだ。そのことはこちらが悪い。このとおりだ、このとおり、謝る。これはわたしの本意ではない」

「だったら、帰していただけますか」

「うむうむ、そうなのだが、せっかく連れて来たのなら、となってしまった。明日、右近が来たときに、一緒に帰ってはどうか。今夜はもう遅いし、ここに泊まるがよいぞ」

「おじい様が心配しています。すぐに帰してください」

「分かってくれ……武家の屋敷を夜遅くに若い娘が出たり入ったりするのは、よろしくないのだ」

「連れ込んだのはそちらです」

「おっほっほっほ。いいのう。この気の強さは……千草の何年か前にそっくりじゃ……いや、お鶴の方かの……こりこりとしていたものが、いつしかああなって……そしてああもなってしまうのじゃ」

二人は卑猥な笑い声を上げた。

笑いつつ、ねっとりとした好色な視線を、競い合うかのように投げ放つ、斎藤若狭と次郎兵衛である。

もはや半次は見ていられなかった。

右近に呼び出しがくるのは明日だろうが、お美代にとって危険なのは、今夜だった。

半次の焦燥を煽るかのように、斎藤若狭が戯《たわむ》れ始めた。

「お美代よ、赤川らが手荒にしたこと、許せ……許せ……」

と、立ちあがり、お美代の傍らに行くと、

「わしが代わりに……ほれ、このとおり……このとおりじゃ」

と、手をついて見せる。

「許せぬか……許せぬならば、その手ではたけ……その可愛い手で、このわしを罰すればよい」

と、素早くお美代の手を取った。

ハッと手を引くお美代だが、それでもなお手を取り、その手を舐めんばかりの斎藤若狭だ。

「家臣の無礼を許してくれ……許すか……許してくれるか」

お美代、うなずくしかない。

「おお、許してくれるか……許してくれるのならば、あちらに来て、酌をしてくれぬか……こういうときは、酌をするのが礼儀であるぞ」

と、強引に立ちあがらせて、自分の席へと誘う。

もう一刻の猶予《ゆうよ》もなかった。

半次は静かに天井板を元に戻すと、ツツと天井裏を移動した。

気取られることなく、天井裏から抜け出し、庭へと舞い降りる。

屋敷を横断して、一気に白壁へと走り、ポンと飛び乗る。さらに続いて表の通りへと飛び下りた。

すぐ近くの樹木の陰に人の気配。ハッと構え直す半次に、

「おれだ、半次」

と、声がかかる。

「奥の旦那」

「心配したぜ」

「旦那、大変なんで」

「もしかして、しばらく前に入った駕籠の中身か」

「当たりで」

「誰だ」

「それが、お美代ちゃんなんで」

「お美代って、一斎さんの孫娘のか」

「さっき別れたばかりの」

「お美代が、かどわかされたのか」

闇にも分かる平八郎の顔の強張《こわば》りである。

二人は、ぶつかり合わんばかりに、顔を寄せ合った。

「人質ってことか」

「おそらく、まともにやり合っては、右近さんには敵《かな》わない」

「お美代を人質に、右近の動きを封じる手か」

「それより、右近さんを呼び出すのは明日でしょうが、どうして危ないのは今夜ですぜ」

「なにぃ」

「お美代ちゃんを見た瞬間に、斎藤若狭と次郎兵衛が」

「まさか」

「その、まさか、で」

「そいつはいけねえ」

屋敷へ今にも駆け出そうとした平八郎だが、そこには四十人近い猛者たちがいる。しかも町方には手が出ない武家屋敷だ。

「くそう……半次、来い」

脱兎《だっと》のごとく堀に向かって走る平八郎。それを追う半次だ。

「こんなことがあろうかと、猪牙を用意してある」

闇に二人の足音が響いた。

二

左衛門三郎安吉。

正宗十哲の一人。

大左、とも呼ぶ。

その左文字の太刀が、行灯の明かりに不思議な光芒《こうぼう》を放っていた。

見事なばかりの相州伝。その代表ともいうべき豪壮な覇気に満ちた作柄だった。大振りで、反りは浅く、平肉は少なく、切っ先は延び、フクラは枯れている。刃文に非常な活気があり、沸え本位の焼き幅の広いのたれ乱れだ。横手（切先の元の部位）下に牡丹のような大乱れが焼かれている。

いかにも豪壮だが、どこか心が穏やかになる不思議な力をもっている。御先祖ということから来るのかもしれないが、心がシンと鎮まるのだ。

こういう話がある。

その昔、師の相州五郎入道正宗が、十哲と呼ばれる高弟たちの中から、まったく性格の違う村正と左文字の太刀を選び、川に突き立ててみたという。

流れてきたひとつの落葉は、左文字の太刀を避けて流れていったが、村正の太刀には吸い込まれるように触れて、真っ二つになって流れていったという。

村正の太刀には、心ない落葉まで殺気に引き寄せられ身を切っていったが、左文字の太刀には彼の人格が乗り移り、無用の摩擦を避けたのだ——という有名な話がある。

もっとも、村正を正宗の高弟とするは、誤りであるという説も強いのだが……。

とはいえ、左文字は正宗の高弟たちの中でも、人格者として扱われ、一種の尊敬を集めていた、相当の男であったようだ。そういうところを正宗は愛したという。

でなければ、分かり切った時代の趨勢など無視し、足利尊氏に刃向かい、菊池武敏《たけとし》とともに立ちあがり、多々羅浜で玉砕することはなかったはずだ。

意気に感ずる——男の中の男ではなかったか。

そういう男の鍛《う》った刀だ。

心が鳴るのもやむなし——であった。

斬る、ということよりも、斬られる相手のことまでをも洞察させずにはおかない、何かがある。斬ることの重み、そして深みを問うてくる迫力があった。

左文字をみつめる右近の横で、宗達があきれたような声を出した。

「見事なものだのう」

「うん……宗達さんにも刀の良し悪しが分かるのだね」

「分かりはしませんが、いいものはいい。ただ、それだけで……しかし、さすがに右近さんの御先祖だ。いい仕事をするねえ」

「うん……我が祖先ながら、惚れ惚れするよ」

フッと右近は、逼迫《ひっぱく》したものの接近に気づき、左文字をスッと鞘に戻した。

そのときには、宗達もそのことに気づいていた。

階下がざわめき、階段を上ってくる足音がして、

「右近さん、入ります」

という半次の声に続いて、スタンと襖が開いた。

そうして半次と平八郎という、有り得ない組み合わせの二人が入ってきた。

「おいおい、お二人さん、どうなってるんでえ」

宗達がからかい気味に聞けば、

「右近の友だちは、おいらの友ということさ」

平八郎が憮然として答えた。

「それより右近さん、一大事だ」

むせながら、半次が悲鳴のような声を上げた。

「あっちでなにかあったのか」

「あるもないも、どういうわけか、斎藤屋敷にお美代ちゃんが連れ込まれたんで」

「お、お美代って、あのお美代か」

「そのお美代ちゃんで」

「お美代が……」

「浪人たちに囲まれて、駕籠が一挺屋敷に入った。そいつに乗せられていたらしい」

「明日、右近さんを呼び出す算段をしておりました」

「お美代があっちの手にあるならば、こちらは何も出来んな」

「槍や弓や鉄砲までも、用意するようなことを」

「卑怯者めが」

「右近さんを呼び出すのは明日でしょうが、お美代ちゃんが危ないのは今夜なので」

「どういうことだ」

「お美代ちゃんを一目見たときから、斎藤若狭と次郎兵衛が」

「なに」

「今ごろは、二人して、お美代ちゃんを」

「馬鹿め！」

右近は激怒した。

人間にはやっていいことと、やってはならぬことがある。

抵抗も出来ない老人や女子供を、男どもが寄ってたかって傷つけ殺すこともひとつだが、若い娘を男どもが無理矢理に犯すこともそうである。

人間として、やってはならぬことを、二つもやろうとしている相手に、右近は激怒した。

(——外道《げどう》め)

なんでもやる相手であることは知っていた。

でなければ、菊池老人も金兵衛も死なずに済んだはずだ。なみもまた一人残されることはなかったはずだ。

だから、当初は懲らしめてやる——という程度の怒りだった。

そこに赤川一剣という恐るべき手練《てだ》れが現れたとき、様相が一変し、命がけの戦い——に、なってしまった。

それでも当人同士が戦えば、それで済むと思っていた。

だが、お美代がかどわかされたとあっては、

「もはや、許せぬ」

のである。

なみもそうだが、お美代が何をしたというのか。彼らに対して失礼な態度を示したというのか。なんの関係もない。利害など一切ない。

無垢で、純粋で、健気で、汚れを知らないお美代を、なぜゆえにあの腐れ果てた男どもが、かどわかすのか。

ただ、一重に、おのれらの弱さを誤魔化し、まっとうな戦いから逃げようとする卑怯さゆえだ。なにをしてもこの右近を倒そうとする、卑劣さゆえのことだ。

それだけではない。不条理にかどわかしたお美代を、斎藤若狭と次郎兵衛はおのが不潔な欲望の餌食《えじき》にしようとしている。

このようなふざけたことが、許されていいのか。おのれらの欲を満たすために、ありとあらゆる人を不幸に落とし込んでいいというのか。

なみはたった一人残され、孤独に陥《おちい》っている。お美代はその人生を破壊されようとしている。

許されぬ――。

どんなことがあっても、

「斬る」

それ以外に、腐れ果てた外道に対する方法はない。あやつらは、

「生きていれば、それだけ毒を撒き散らす外道ども」

である。

斎藤若狭と次郎兵衛はもとより、赤川一剣も、刃向かう者すべてを、斬り倒す。

右近は、そう決意した。

「斬る。あやつら一人として生かしてはおけぬ」

右近の声に、宗達が立ちあがった。

「うちの連中を連れてくる。それまで待ってくれ。斎藤屋敷の前で会おう」

そう言うや、部屋を駆け出してゆく。

宗達の仲間である剣客たちが助っ人に来てくれれば、これほど心強いことはない。

だが、間に合うかどうか、だ。ぐずぐずしていると、お美代は汚されてしまう。

「敵はおよそ四十人。そのことごとくを斬る。刀は一振りでは足るまい。持っていってくれ」

右近は左文字を半次に渡し、平八郎には野田繁慶を渡した。

「これより、斎藤屋敷に斬り込む」

と、二人を従えて亀久を出た。

船着き場で、亀太郎が屋根舟を用意して待っていた。

三

亀太郎が用意してくれた屋根舟は、大川を漕ぎ渡り、新大橋の下あたりから中州と対岸の間を通って、箱崎町の手前の入堀に架かる川口橋を少し過ぎたところに着いた。

岸に上がると、通りの向こう二軒目が斎藤屋敷だった。

広い敷地を誇る武家屋敷の連なりに、辺りは黒々と沈んでいた。

右近が先に立ち、それを追うように半次と平八郎が続いてゆく。

斎藤屋敷は、誰もいないかのように静かだった。

「平八郎、お前さんが乗り込むと、後々まずいことになる。宗達たちの到着を待って、彼らを押しとどめるという形で乗り込んでくれ」

袴《はかま》の股立《ももだ》ちを取りながら、右近は平八郎を気遣った。

町方の同心が、武家屋敷に殴り込むのは、いかにもまずい。

「いや、おれも乗り込む」

「いいから、そいつはおれに任せろ」

「お美代は今にも、あいつらに……」

なぜか平八郎の顔には悲痛なものが走っていた。

亀久でもそうだったが、眼が血走っていて、その様子が苛々《いらいら》として落ち着かないのだ。いつもの平八郎ではない。

「だから、任せろ。町方が武家屋敷に踏み込んだとあっては、言い訳など通用しない」

「おれあ、どうなってもいい」

「ばか、切れ者のお前がいなくなったら、北の町方は終わりじゃないか……どうした、平ちゃん、なんかおかしいぞ。冷静になれ」

うっ——と、平八郎は詰まり、

「分かった」

と、下を向いた。

「半次は屋根裏を走り回って援護しろ」

「上から刀を」

「そうだ。おれが声をかけたら、投げ落としてくれ」

半次は左文字と繁慶を背中に括りつけた。

「後は」

「飛礫《つぶて》は得意か」

「まあね」

「掩護《えんご》してくれると助かる」

半次は小石を拾い集めると、手拭で器用に作った袋に入れ、立ちあがった。

「さ、参りましょう」

小走りに斎藤屋敷の白壁に近づくや、ポンと地を蹴って壁の上に飛び乗り、

「さあ」

と、右近に手を差し伸べる。

右近はその手を握り、地を蹴ると、半次の横に飛び上がる。

壁の上で顔を見合わせ、同時に斎藤屋敷内へと飛び下りる。

さすがの半次、音も立てない。むろん、右近もだ。

「右近さん、こっちでも大成しますぜ」

気持ちをほぐそうというのか、半次がニヤリと笑った。

「そういうときがきたら、世話になろう」

「そうなりゃ、向かうところ敵なしの、江戸一番の大盗賊が生まれますぜ」

そう言いつつ、二人は小走りに建物へと向かった。

お美代の身に起きつつあることを思えば気が急《せ》くが、お美代の奪還と急襲を成功させる

ために は、出来るかぎり肉薄することだ。

「こちらで」

どこに何があるのか分かっている半次は、闇の中を昼間のように右近を先導してゆく。建物に迫って身を寄せ、そのまま進むと角に出た。そこを曲がれば、闇の中でもそこが中庭だと知れる。

その中庭を囲むように建物があって、回廊でつながっている。その回廊に飛び上がると、左手の部屋から、

「いや……いや」

というお美代の声が聞こえた。

そちらに向かおうとしたとき、いきなり真横の部屋の襖が開いた。開けたのは、一人の浪人だった。

右近の腰が落ち、右近正宗が鞘走った。

浪人は声を上げることもならず、二つになるとその場に転げた。

右近の眼に部屋の中のもう一人の浪人が映った。

映ったときはすでに、右近はその部屋に踏み込んでいた。

坐っていた浪人は、刀を持って立ちあがろうとした。だが、彼は立ちあがれなかった。

その浪人もまた、縦に真っ二つになると、畳の上に崩れ落ちた。

血が、匂った。

「半次、眼に入る者、すべてを斬る。だから、屋根裏に」

半次はうなずくと、その部屋の角へと走り、ポンと畳を蹴って、角隅へと張り付いた。

次の瞬間、天井板を外すや、その四角い穴へと吸い込まれてゆく。

右近は回廊を突き進んだ。

四

家臣の島田に案内されて、坊主姿の山本啓造が、赤川一剣の用部屋に入ってきた。

お美代の売り渡し金を受け取りに来たのだ。

「先ほどは御苦労だった」

「いえ」

と、一剣の前に坐る片腕の山本坊主。

「娘は今、どこに」

「うむ……やっておれんよ」

一剣の顔が歪んだ。

「なにがです」

「主に仕えるということがさ」

「なにか、あったのですか」

「うちの殿と、五菱閣次郎兵衛が……」

「まさか……」

「二人で、娘をな……そろそろではないかな」

さすがの山本坊主も絶句した。やがて、

「愛らしい、あの娘では……」

それだけを言った。

「主に向かって批判はできぬ。だが、すっきりとせぬ。かどわかすだけでなく、そこまでやるとなると……嶋右近の怒り、半端なものではあるまい」

二人は沈黙の中に沈んだ。

ともに道場まで持った剣客である。剣客とは道を求める修行者である。今は落ちたとはいえ、心のどこかに道を外れることに対する抵抗がある。

一人は娘をかどわかし、一人はその娘を屋敷内へと連れ込んだのだ。まさか、そういう結果が待ち受けていようとは、思ってもいなかっただけに、忸怩《じくじ》たるものが二人を支配していた。

「だが、それも定めでござろう……」

という言葉で山本坊主は逃げた。

気を取り直すように、山本坊主は左手を差し出した。

一剣も気を取り直すように、その左手の上に十五両を載せてやった。

「約束の十五両だ」

「ありがたい……これで物乞いをせずに済む」

卑屈な笑いが今の山本には似合っていた。

やり切れぬ——と、一剣は思ったが、自分も似たり寄ったりだと思い直した。

「明日、右近を呼び出す」

「ここには、どれほどの遣い手が、何人いるんですか」

「家臣が三十人、用心棒が七人、お前ほどではないが、みな遣える」

「なるほど……わたしの一生で、あのときが一番に乗っていた。そのわたしが一瞬ですよ」

「一瞬」

「右近めの剣ですよ」

「一瞬か」

「一瞬で、師範代の太田は斬り飛ばされ、次の一瞬でわたしの右腕が飛んでいた」

「うむ……五人が弓を、五人が槍を使う。そして鉄砲が用意される手筈《てはず》になっている」

「なるほど……それならば」

「やれるか」

「まず、大丈夫でしょう」

「おれだよ」

「はっ？」

「おれがだ……右近を倒せるか」

　それには答えず、

「右近が倒れるところを見たいですな」

　と、逃げた。

「見ていけよ」

「いいのですか」

「ここに泊まってゆけ。すぐに酒を用意させる」

　フッと二人とも顔を上げた。

「血が……」

「血が、匂う」

二人はガバと立ちあがった。

五

回廊を疾走《しっそう》し、お美代の声がしたとおぼしき部屋の襖を開ける。

だが、そこには何もなかった。ガランとした闇があるだけだ。

その部屋の奥の襖から、細長い明かりが洩れていた。

「いやです……いや……いや……」

お美代の逼迫した声は、その部屋から聞こえていた。

「次郎兵衛、そっちを押さえぃ……それ……それ……こうしてやる……こうな」

卑猥《ひわい》きわまる声もそこから発されていた。

もはや猶予《ゆうよ》はない。一瞬でも遅ければ、お美代は永遠に大切なものを失う。

右近はその部屋を駆け抜けた。

ダン――と、襖を開く右近の眼に、なまめかしい絹の布団が飛び込んでくる。

その上で娘が着物をつけたまま仰臥し、頭上に座り込んだ男に両手を押さえられていた。そしてもう一人の男が、娘の股間に顔を突き入れ、なにやら卑猥なことを叫んでいた。

右近の頭に血が昇った。

ダダッと走り寄るや、股間に顔を埋める男の突き出た尻を、思いっきり蹴り飛ばす。

男は下帯一枚の姿で仰向けに転げ、

「な、なにをする」

そう、怒鳴った。

右近はお美代の両手を押さえた恰好で、愕然としている坊主頭の次郎兵衛に、渾身《こんしん》の膝による蹴りを見舞った。

「グワッ」

という妙な声を発すると、次郎兵衛は仰向けに倒れ込んだ。

斎藤若狭とおぼしき男は、跳び起きながら、

「何者じゃ、無礼者！」

そう一喝してきた。

右近は、無言のまま近づくと、思いっきり拳を叩き込む。

斎藤若狭は奥の襖まで吹き飛び、激突して激しい音を立てた。

手応えから判断して、鼻は潰れ、前歯の数本は折れたであろう。

身をねじり、立ちあがろうとする次郎兵衛に飛びつき、衿《えり》を持ってグイと引き寄せ、拳を二度、三度と叩きつけた。

鼻は潰れ、歯は折れ、唇は切れ、血だらけになった次郎兵衛を足払いをかけてドウと打ち倒す。

右近は絹の布団の上で眼を閉じて、身体を固くさせているお美代を抱き起こし、

「お美代、大丈夫か。おれだ、右近だ」

そう声をかけた。

お美代は大きな瞳を見開き、

「右近さん……右近さん……右近さん」

三度名を呼び、そしていきなり右近へとしがみついてきた。

「お美代、もう大丈夫だ……心配するな……もう大丈夫だ……おれと帰ろう」

お美代は泣き濡れた顔を、何度も頷《うなず》かせた。

「おのれー、不埒者めが、そのままには捨ておかんぞ！」

斎藤若狭は恫喝するように声を張り上げ、床の間へと走った。

血だらけの顔で、しかも下帯一枚の男が、罵声《ばせい》を上げても滑稽《こっけい》なだけだ。

「この腐れ果てた助平野郎。捨ておかぬのなら、どうするつもりだ」

斎藤若狭は床の間の刀架けから大刀を取ると、そこで引き抜き、鞘を放り出した。美しい螺鈿《らでん》の鞘は畳に転げた。

刀を構えながら、斎藤若狭は吠えた。

「き……斬る」

「ほう、斬ると言うか」

「き、斬ってやる」

「助平野郎、人を斬ったことがあるのか」

「天下の直参旗本を愚弄《ぐろう》するか。そこへ直れ」

斎藤若狭は上段へと構えた。

「おい、斬るということは、斬られることでもあるんだぜ」

「黙れ！」

斎藤若狭はバッと斬り下ろしてきた。

右近は跳びかわすと、お美代を立たせ、後ろに回し、

「端にいなさい」

そう声をかけた。

お美代は右近の言うとおりに、部屋の端へと走った。

半ば気絶していた次郎兵衛が起き上がり、

「さ、斎藤様、こ、こやつが、嶋右近で」

右近を指した。

「げえーっ」

斎藤若狭は後ずさりし、襖にぶつかりガタガタと鳴らした。

「だ……誰か……おい、誰か」

情けない声で人を呼ぶが、聞こえはしない。

なにを血迷ったか、次郎兵衛は刀架けから小刀を取り、そして引き抜き、右近に向かって擬し、

「斎藤様、早く奥へ」

と、男気を見せた。

「ほう……健気《けなげ》なものだ」

「だ……黙れ」

右近、ツツと近寄りつつ、

「菊池老人と金兵衛の無念を思え」

そう声をかける。

「うるさい」

次郎兵衛は果敢に斬って出た。

無謀――ではない。腕に覚えがあるのだ。鋭い刃風だった。

かわす右近を追って、斬り払い、斬り上げ、袈裟にと斬り落としてくる。

まさに、次郎兵衛の刀が右近を捉えたかと見えた瞬間、右近の身体が発条《ばね》のように舞い、腰の右近正宗が鞘走った。

ズバリと次郎兵衛の左脇腹を断ち斬り、右近は背中へと抜けた。抜けるや否や振り向きざま、返す刀でその首を斬り飛ばした。

次郎兵衛の首は「あ」という口の形のまま、畳の上を転げ、斎藤若狭の足元で止まった。

斎藤若狭はダンと襖にぶつかり、首を振り続けた。

右近は血振りをくれつつ、静かに告げた。

「斎藤若狭、お前の野望も、ここまでだ」

「黙れ、黙れ、黙れ」

「もう少しで町奉行になれたのにな」

斎藤若狭は無言のまま、真っ向から斬り下ろしてきた。

殿様にしては、腕はいい方だった。

顔に刃風を感じるほどの見切りでかわす。

さらに、斎藤若狭は斬り下げてきた。

右近はその刀を跳ね上げた。跳ね上がった刀をさらに打つ。さらに叩きつけると、刀は弾け飛んだ。

斎藤若狭の顔が歪む。手が痺《しび》れているのだ。

「剣は、こう遣うのだ」

右近、下段から逆袈裟に甘く斬り上げた。かわす斎藤若狭。

「御免」

とばかり、返す刃でズンと斬り下ろす。

斎藤若狭は真っ二つになると、ズドンと左右に割れて、落ちた。

六

部屋は血の匂いで満ちていた。

一人は回廊に出たところを、一人は立ちあがろうとしたところを、殺《や》られていた。

斬り口は、まさに見事の一言だった。剣の達人のものだ。これほど斬れる者はそうはいない。

「まさか……」

一剣に混乱が生じていた。

まさか、嶋右近が乗り込んで来た――と、いうのか。

有り得ない。絶対にそれはない。

ここに乗り込むということは、美代がここに連れ込まれたことを知った、ということになる。竹林から出て、駕籠に乗せて、この屋敷に着くまで、そして屋敷に入るときにも、誰にも見られてはいない。その自信はある。

ほとんどの者が、ここに美代を連れ込んだことを知らない。この斎藤家の家臣の中にも、まだ知らぬ者がいるのだ。

そのことをどうやって右近が知ることが出来よう。知るのは明日、我らが通告によってである。それまでは、絶対に知りえない。

だが、眼の前の死体をどう説明する。何者かがこの屋敷に乗り込んだか、それとも裏切り者がいるのか、いずれにしろ非常事態が起きていることは事実だった。

もし――もし、である。

二人を斬った者が嶋右近だとすると、知ってすぐに乗り込んで来たということになる。そういうことが出来るだろうか。知ることも奇跡に近いが、知って即座に斬り込む、などということは、人間であれば出来るものではない。斬り込むには斬り込むための準備、あるいは心構えが必要なのだ。なにより、この屋敷のことを調べなければならない。無闇やたらに突入しても、迷うだけだ。どこに何があるかを知るだけでも、数日はかかるはずだ。

だから、そんなことは有り得ない。

しかし、誰が、この二人を殺したのか。

この屋敷にいる者で、これほど鮮やかに斬れる者はいない。外からの侵入者であることは確かだ。

「山本、溜まりの部屋に行き、者どもを連れてきてくれ。賊が侵入し、二人殺られた、とな」

「はっ……赤川様は」

「あれの最中だろうが、殿に会ってくる……もし殿の身に何かが起きていては、まずい」

「では、急ぎ」

「山本、慌てるなよ。そして騒いではならぬ」

山本は頷くと、小走りに回廊を去ってゆく。

一剣は、おそらくあれの最中であるかと思われる、斎藤若狭の寝室へと向かった。

襖は閉じられていた。

襖を開けると、かすかに血が匂った。

ツツツと走って、寝室の襖を開ける。

むせるような血の匂いとともに、鮮血飛び散る無残な光景が飛び込んできた。

斎藤若狭とおぼしき者は、真っ二つになって畳の上に倒れていた。その近くに五菱閣次郎兵衛の首が転げている。

「これは……」

そうつぶやく一剣の耳に、

「おれが殺《や》った」

という声が響いた。

振り向けば、回廊に嶋右近。

愕然となる赤川一剣。

「な……なぜに、お前がここに」

「おれはな、神様と親しい……だから知った……お美代がここに連れ込まれるのをな……

天網恢々《てんもうかいかい》ということよ」

「ほざけ」

ダッと走ると、一剣もまた回廊へと飛び出した。

一剣、スラリと抜くと、正眼に構えた。

「やるというのか……主は死んだぜ」

「飼い犬の仁義だ」

「死んだ奴に義理立てしても、始まらぬだろうに」

「いきなり頭を取るとは、戦を知っている奴と褒《ほ》めておこう」

「偶然と友情の賜物《たまもの》だよ」

人声がして、回廊を走ってくる大勢の男たちがいた。

雑魚《ざこ》だが、面倒な相手だ。だが、赤川を倒せば、どうにかなる。

そのとき、遠く表門のところで、騒動が持ち上がった。

おそらく宗達たちが到着し、門をぶち破ろうとしているのだ。

こちらに駆けつけようとしていた男たちは二手に分かれ、一隊は表へと向かった。

「美代はどうした」

気になっているのか、一剣が問うた。

「逃がした」

「間に合ったか」

「間一髪、間に合った」

それを聞いて、かすかに一剣が笑った。

「それは良かった……かどわかしておいて言うのもなんだが、あそこまでやるのかと、釈然とせぬものがあったのだ」

「道を外すにも限度がある。よって、死んで貰った」

「主は選べぬのだ」

「それでも、やるのか」

「恩義がある」

禅問答のようなものが続いたとき、右近を囲むように十人近い男たちが前後に連なった。

「数で来るのか、一剣」

牽制《けんせい》でもあったが、一剣とは誰にも邪魔されずにやり合いたかった。

右近の静かな一言に、一剣は表情を変えた。

「手出し、無用」

そう言い放つと、こう続けた。

「わたしが倒されたら、その後は存分にかかられよ」

そうして、改めて正眼に構えた。

見事だった。構えからして、以前に品川の浜で対決したことがある山本啓造より上であった。

いや、死闘を制した葛西新三郎よりも上である。それに死を決意しているのか、決死の覚悟をしている者に特有の静けさがあった。

いたずら心に近いものが噴き出した。

一剣の明鏡止水《めいきょうしすい》の境地——それを崩してやろうと右近は思った。崩せれば、勝てる。

「死ぬ前に聞かせろ……なぜ道場を手放した」

「無用」

「どうせ死ぬんだ、聞かせろよ」

執拗に迫ってみる。

「無用」

あくまでも誘いには乗らぬ。

「女か」

図星だったようで、一剣の顔つきが変わった。

「女に入れ込んで道場を手放し、そして女に捨てられたか」

「ち、違う」

明らかに、動揺が顔に現れていた。

その女とは相当のことがあったようだ。

「そうか……お前さん、女を斬ったね」

一剣の顔が歪む。

「惚れていたのか」

「む、無用」

「そうか、お前さんのすべてだったんだな」

「う……うるさい」

「初めてか、女に狂ったのは」

「………」

「魔性の女ってのは、いるらしいな」

「………」

「その女、旦那もちだったんじゃねえか」

当てずっぽうで言ったのに、一剣の顔は蒼白になっていた。

「そうかそうか、その女、旦那を殺してあんたに走った」

「黙れ!」

ズバリと的中したらしく、完全に乱れていた。

「旦那を殺してまでこのおれにと、あんたは誤解した」

「お主には関係ない」

「女は別にあんたじゃなくてもよかった」

一気に一剣の殺意が昂まり、ダンと斬って出た。

回廊から飛び下りて、右近はかわす。

「道場を売った金で、二人でどこに流れて行ったんだ」

なにも答えず、一剣もまた回廊から飛び下りた。

「不純に結ばれた、ふしだらな男と女が流れて行く先は、上方と決まっているそうだが、そうなのか」

一剣、返事もせずに斬って出る。

だが、どこか剣先がうつろだ。

「その魔性の女……名はなんて言うんだ」

無視してグッと剣先を右近に向ける一剣だが、その顔にはその女の名がありありと映っていた。

「お京か……お政かな……いや、おさん……おたか……おみつ……まさか、おきみ」

「言うな――！」

一剣は、狂ったように斬って出た。

鋭い一撃だったが、踏み込みが甘い。

間一髪で右近はかわす。

「おきみか……魔性の女、おきみ」

一剣は狂ったように一閃《いっせん》、二閃、三閃、と右近を追う。

「おきみの肌は良かったか」

「黙れ、黙れ、黙れー！」

これが剣術の道場を開いていた男か、と思えるほどの狂乱ぶりで、眼が右近を見定めていない。

右近の向こうにいるおきみを、斬ろうとしているのだ。

「上方で何があった」

ジリジリと間を詰める一剣。

「お前を捨て、他の男に走ったな」

ピタリと詰める足が止まった。
右近を見る一剣の眼に、狂おしいほどの悲しみが匂いたつ。
そこまで、この男は、その女を愛したのか。
右近はここまでだと思った。
一剣の心が血を流していた。
男の純情が、声を放って泣いていた。
「一剣、女にそこまで想いを寄せた、そういうお前を、おれは嫌いじゃないぜ」
そう言うと、一剣の顔が奇妙に歪み、そしてニヤリと笑った。
右近、ツツと間を詰めた。
一剣、上段から渾身の斬り下ろしを放ってくる。
右近、神速の抜き打ち。
二人の斬撃《ざんげき》が交差した。
一剣、斬り下ろした形のまま動かず。
右近もまた、抜き打った形のまま、動かない。
鮮血が流れ落ちる音だけがしていた。
一剣の足元に黒い染みが広がってゆく。

一剣の腹が大きく裂け、そこから鮮血が流れ落ちていた。

「嶋、右近……お主……凄いなぁ」

「赤川一剣……お前だって、凄いぜ」

「哀れみか」

「馬鹿……お前が弱かったら、女のことを衝いたりするものか」

「おれとしたことが……やられたよ」

「ひとを、愛せたんだ……お釣りがくる人生だぜ」

「……かな」

そして一剣は、ドウと倒れ伏した。

ダッと改めて右近を取り囲む、男たちに、

「お前らの殿様は死んだ……ここで戦っても褒めても貰えないぜ。義理立てして、刃を交えてもいいが、無駄死にということになるな……見てのとおり、おれは強い」

互いに顔を見合わせている。

「おれは、逃げる者まで斬りはしない……だが、向かってくる奴は叩き斬る。さあ、どうする、死にたい奴は遠慮なくかかってこい」

誰も動けなかった。

だが、正面の中年の家臣がフワリと、まさにフワリと誘われるように斬って出た。

右近は、袈裟にズバリと斬って落とす。

その男は二つになると、中庭の砂利の上に転げ落ちた。

右近のあまりに凄まじい斬撃に、誰一人として動けなかった。

「おい、逃げろ……逃げないと、こっちから行くぞ」

右近の怒声に、男たちは我先にと逃げ始めた。

逃げ始めると、さらに恐怖が増すのか、男たちは算《さん》を乱して逃げ散ってゆく。

その群れに坊主姿の男が加わったが、右近にはそれが誰か分からなかった。ただ、右腕がないように見えた。だが、それもすぐに消えてしまった。

半次が右近の前にポンと飛び下りてくると、

「どうも、役に立ちませんで」

と、小石を捨てた。

「こいつも使わずに済みました」

と、背中の左文字と繁慶を指した。

「できるだけ、人は斬りたくないからな」

「斬らずに勝つ、というのが極意じゃありませんか……あっしのような者から見ても、右近さん、もの凄く強くなっていますぜ」

「そうかな……今日は口で勝ったような気がする」

「それもまた、兵法」

分かったような半次の言葉に、二人はワッと笑った。

そこに宗達を先頭にして、宗達を支える向坂権十郎《むこうざかごんじゅうろう》と森山秋五《もりやましゅうご》が駆け込んできた。

「二人とも、やったんですか」

そう聞く宗達に、

「ああ、やった」

右近はそれだけを答えた。

「当主が殺され、これだけの騒動を起こしたんだ。斎藤家としても何もできまいよ。後継ぎがいないようだから、これで断絶かな」

宗達が斎藤家の行く末を予言した。

その宗達を突き飛ばすようにして、飛び出してきた奥平八郎は、

「お美代ちゃんは」

詰め寄るように聞いてくる。

右近はあまりの剣幕に笑いながら、

「出ておいで」

と、声をかけた。

中庭の大きな松の樹の陰から、お美代が姿を現した。

「お……お美代ちゃん」

平八郎は我を忘れて走りだし、お美代に飛びつくと、

「無事か、心配したんだぜ……良かった。ああ、良かった。おらあ、こんなにやきもきさせられたのは、初めてだぜ」

そう叩き出すように語りかけていた。

「平さん」

あまりの平八郎の勢いに、お美代も困惑していた。

だが、嫌ではなさそうだ。

宗達と半次が顔を見合わせ、

「へえー、そういうことかい」

「そいつは、知らなかったな」

と、ニヤニヤと笑っていた。

そうか——と、右近も納得がいった。

いつも平八郎はお美代にたいして、

「薄情な右近なんざ止めて、このおれじゃ、どうでい」

と、からかっていたが、そのからかいは本心だったのだ。

平八郎のやつ、お美代のことが前から好きだったのだ。

だから、今日の平八郎はどこかおかしかった。冷静なはずのあいつが、

「おれあ、どうなってもいい」

などと、言ったのも、お美代を心配するあまりの言葉だったのだ。

一同が斎藤屋敷の表に出たとき、

「おれたちは舟で亀久に戻る……悪いが平八郎、お美代ちゃんを送ってやってくれないか」

そう右近は気を遣った。

「えっ、そうかい……そいじゃ、送らせてもらおうか」

平八郎は澄ました顔で照れていた。

複雑な視線をお美代は右近に向けてきた。

「お美代ちゃん、平八郎は本当に心配してたんだ。今夜は甘えて送ってもらいな」

そう言うと、クルリと踵を返した。

しばらく行って振り返ると、仲良く去ってゆく二人の後ろ姿があった。

お美代——気づかぬところに、思わぬ幸せがあるんだね。

右近は、そう心の中でつぶやいた。

やっぱりおれは、お美代にたいしては、兄のような気持ちでいたんだな。そう思った。

だが、この寂しさはなんだろう。

お美代を、平八郎に取られてしまうような、この寂しさは——。

茫然と立ち尽くす右近に、

「お美代ちゃんが、平八郎とああなりますってえと……右近さんは、まあ自然に、なんだ……絞られてきますすな」

と、半次がからかった。

右近の脳裏に、志乃の顔が浮かんだ。

「馬鹿野郎」

右近の声が、大川へと響いた。

ベスト時代文庫

鑑定師《めききや》右近　名刀非情

桑原譲太郎

2007年10月1日初版第1刷発行

発行者……………………栗原幹夫
発行所……………………KKベストセラーズ
〒170-8457 東京都豊島区南大塚2-29-7
振替00180-6-103083
電話03-5976-9121（代表）
http//www.kk-bestsellers.com/
印刷所……………………凸版印刷
製本所……………………ナショナル製本

Printed in Japan ISBN978-4-584-36614-1　C0193